KB121454

로크미디어가
유혹하는
재미있는 세상

ROK
MEDIA
로크미디어

천외천의 주인 12

2021년 6월 10일 초판 1쇄 인쇄
2021년 6월 15일 초판 1쇄 발행

지은이 한수오
발행인 김정수 강준규

기획 이기헌 왕소현 박경무 강민구
책임편집 오영란
마케팅지원 배진경 임혜솔 송지유 이영선

발행처 (주)로크미디어
출판등록 2003년 3월 24일
주소 서울시 마포구 성암로 330 DMC첨단산업센터 318호
Tel (02)3273-5135 **편집** 070-7863-8596 **Fax** (02)3273-5134
홈페이지 rokmedia.com **E-mail** rokmedia@empas.com

ⓒ 한수오, 2020

값 8,000원

ISBN 979-11-354-9399-7 (12권)
ISBN 979-11-354-8621-0 04810 (세트)

ROK
MEDIA
로크미디어

한수오 신무협 장편소설

12

천외천의 주인

| 변천飜天 |

차례

천군天軍 (1)

설무백의 입장에서 생각해 볼 때, 호화단주인 혈금마번 순우황이 찾아온 것은 조금 이채롭긴 해도 그다지 놀랄 만한 상황은 아니었다.

　삼절가인 하화가 신마루의 귀수공자 담각의 가당치 않은 요구를 받으며 위기에 몰렸을 당시에 그는 남궁유화 등을 지켜보느라 직접 나서지 않았으나, 남몰래 혈영에게 명령을 내려서 순우황을 도왔기 때문이다.

　당시 그는 담각이 호화단에 앞서 이십팔숙의 하나인 순우황을 무시하고 그처럼 대범하게 나선 것은 사전에 모종의 조치를 취했기 때문이라는 사태를 정확히 꿰뚫어 보고 혈영을 보내서 순우황을 도왔던 것이다.

그래서였다.

그는 순우황씩이나 되는 인물이라면 혈영의 흔적을 놓치지 않고 추적해서 자신을 찾아올 수도 있겠다는 예상을 하고 있었다.

그리고 실제로 그랬다.

순우황은 자신이 혈영의 흔적을 추종해서 왔다고 밝혀서 혈영을 못내 자책하게 만들었다.

다만 그리 솔직한 순우황도 자신은 그저 심부름꾼이라고만 했을 뿐, 다른 얘기는 전혀 언급하지 않았다.

설무백은 그래서 당연히 자신을 청한 사람이 삼절가인 하화라고 생각했다.

그런데 순우황을 따라서 도착한 가가원의 후원, 구석진 전각 앞에 도착한 설무백은 그와 같은 생각이 대번에 바뀌었다.

우선 전각의 주변에 깔린 경계가 예사롭지 않았다.

인원은 그리 않지 않았지만, 하나같이 순우황과 버금가거나 그 이상의 실력을 갖춘 고수들이 사방을 가두고 팔방을 차단해 철통같은 경계를 펼치고 있었다.

그리고 그들은 암중에서 따르는 혈영의 존재를 파악했다.

알게 모르게 혈영이 은신한 공간으로 쏠리는 그들의 살기가 그것을 대변하고 있었다.

이건 혈영이 무산오괴의 무공을 수련하고 비약적으로 발전한 이후 처음 겪는 일이라 설무백도 미심쩍어 했으나, 엄연한 현실이었다.

안내자를 자청한 순우황이 전각의 문 앞에서 그것을 명백하게 확인해 주었다.

"귀공 혼자만 들어갈 수 있소."

설무백을 뒤따르던 공야무륵의 눈빛이 변했다.

암중의 경계자들이 혈영의 존재를 간파했다면 그도 암중의 경계자들을 간파했기 때문이다.

공야무륵은 대번에 설무백의 곁으로 나섰다.

함정일 수도 있다고 판단한 듯 설무백을 말리려는 기색이었다.

설무백은 그에게 먼저 말했다.

"안심하고 여기서 기다려. 설령 저 안에 무왕 고정산(固定山)이 칼을 뽑고 있다고 해도 네가 들어올 때까지는 버틸 자신 있으니까."

그 말에 공야무륵이 어쩔 수 없다는 듯 물러났다.

암중의 혈영도 수긍한 듯 본능처럼 일으켰던 살기를 거두었다.

다만 공야무륵은 그냥 순순히 물러나기만 하지 않았다.

설무백의 뒤로 물러난 그는 이내 전각의 대문을 바라보며 보란 듯이 허리에 매단 두 자루 도끼, 양인부와 낭아부를 두 손에 뽑아 들어 설무백을 향해 히죽 웃었다.

"여차하면 조금이라도 시간을 아껴야죠. 흐흐흐……!"

순우황이 마뜩찮다는 듯 슬며시 미간을 찌푸렸다.

설무백은 그에 아랑곳하지 않고 공야무륵의 어깨를 두드리며 피식 웃고는 순우황과 전각의 대문을 번갈아 보았다.

"그쪽이? 아니면 그냥 내가?"

순우황은 마지못한 표정이면서도 재빨리 나서서 전각의 대문을 열었다.

설무백은 묵묵히 전각의 내부로 들어섰다.

전각의 내부는 통으로 하나인 공간이었다.

일반적인 대청이 아니라 침실과 같은 구조인 그곳의 전면에는 산수화가 그려진 거대한 주렴이 늘어져 있고, 그 앞인 좌우측에는 일남일녀, 두 사람이 무릎을 꿇은 채 앉아 있었다.

설무백은 그제야 자신을 청한 사람이 가가원의 예기인 삼절가인 하화가 아님을 확실하게 깨달았다.

거대한 주렴 좌우에 앉아 있는 사람 중 하나가 바로 그녀였기 때문이다.

'누구지?'

설무백이 생각을 정리할 사이도 없이 하화의 반대편에 앉은 반백의노인이 준엄한 호통을 내질렀다.

"상민(常民)은 어서 무릎을 꿇어라!"

설무백은 멀거니 노인을 바라보았다.

귀까지 닿을 정도로 긴 눈썹에 세 갈래로 갈라진 긴 수염을 드리우고 있는 노인은 길가에서 흔히 볼 수 있는 허름한 백의

천외천의
주인

를 걸치고 있었음에도 부려지는 것보다 부리는 데 익숙한 명문가의 오만과 귀티가 느껴졌다.

그러나 노인의 신분이 뭐든 간에 고작 호통 따위로 설무백을 억압할 수는 없었다.

설무백은 그냥 선 채로 노인과 하화를 번갈아 보고, 다시 산수화가 그려진 거대한 주렴 안에 앉아 있는 정체불명의 인물에게 시선을 고정하며 말했다.

"난 엄연히 청해서 온 손님인데, 이거 손님 대접이 영 아니네. 그냥 가도 되나?"

"이놈, 무엄하다!"

노인이 왠지 모르게 기겁하며 다시금 불같이 호통을 내질렀다.

노인의 건너편에 앉은 하화와 설무백의 곁에 서서 고개 숙이고 있던 순우황마저 크게 당황하며 어쩔 줄 몰라 했다.

설무백은 그제야 안색을 굳혔다.

무언가 심상치 않은 기분이 뇌리를 스쳐지나 갔다.

그때, 주렴 안의 인물이 무언가를 가볍게 두드렸다.

탁탁-!

하화가 명령을 받은 것처럼 고개를 숙여 보이고는 옆에 늘어진 줄을 당겼다.

순간, 산수화가 그려진 거대한 주렴이 위로 올라가며 서서히 한 사람의 모습이 드러났다.

듬직한 풍채와 넓은 이마, 부리부리한 호목(虎目)과 우뚝 솟은 콧날 아래 선이 굵은 입술이 호걸풍의 인상을 만들고 험산준령처럼 삼엄한 기상을 풍기는 백의노인이었다.

설무백은 첫눈에 백의노인의 정체를 알아보았다.

그저 바라보는 것만으로 상대를 억압하고 주눅 들게 만드는 이런 위엄은 아무나 지닐 수 있는 것이 아니었으나, 그 때문이 아니었다. 우연인 듯 필연인 듯 전생에서 한 번 본 적이 있는 사람이었기 때문이다.

그래서 그는 순간 고민했다.

그냥 이대로 돌아서서 이 자리를 벗어나는 것이 옳지 않나 망설여졌다.

거대한 주렴이 걷히며 완전히 모습을 드러낸 백의노인이 그런 그를 보며 빙그레 웃으며 물었다.

"짐(朕)이 누군지 아느냐?"

설무백은 대답을 회피하고 싶었으나, 그럴 수가 없었다.

"예, 압니다, 폐하."

그렇다.

놀랍다 못해 황당하게도 거대한 주렴이 걷히고 모습을 드러낸 백의노인은 다름 아닌 당금 황궁의 주인인 황제였다.

그 황제가 다시 물었다.

"그런데 왜 아직 그렇게 서 있는가?"

설무백은 있는 그대로 솔직하게 대답했다.

"망설이는 중입니다. 아무래도 그냥 이대로 이 자리를 벗어나는 것이 좋지 않을까 하고 말입니다."

반백의노인과 하화의 안색이 새파랗게 질렸다.

황제와 대화를 나누는 중이라 감히 끼어들지도 못하고 안절부절 못 하는 기색이었다.

비교적 평정을 고수하던 순우황마저 당황스러워하고, 암중의 호위들은 노골적으로 살기를 드높이고 있었다.

하지만 황제는 미소를 지었다.

그는 더 없이 흥미롭다는 표정으로 설무백을 쳐다보며 물었다.

"나가고자 한다면 나갈 수는 있을 것 같은가?"

설무백은 대답에 앞서 무덤덤하게 장내를 쓸어보았다.

황제는 마냥 흥미로운 표정으로 그의 대답을 기다렸지만, 순우황의 표정은 차갑게 식어 버렸다.

순우황은 설무백의 시선이 고도의 은신술을 발휘한 황제의 호위 무사들이 웅크린 방향을 훑고 있음을 아는 것이다.

설무백은 마지막으로 그런 순우황을 일별하며 황제를 향해 대답했다.

"무사히 벗어나기를 기대할 수는 없겠습니다만, 대충 벗어날 수는 있겠습니다."

황제의 눈이 커졌다.

"진정 그러한가?"

설무백은 담담하게 인정했다.

"감히 어느 안전이라고 거짓을 고하겠습니까."

황제가 너털웃음을 터트렸다.

"어느 안전이냐는 말이 참으로 무색하게 들리는군. 짐 앞에서 그리 허리를 펴고 서서 대답하고 있다는 것만으로도 목을 베어 마땅한 죄라는 것을 아는가?"

설무백은 특유의 미온한 미소를 지으며 대답했다.

"죄송스럽게도 저는 황제 폐하께 충성하는 복종을 미덕으로 삼는 상민이 아닙니다. 여차하면 죽든 살든 언제든지 들이받을 수 있는 무지한 야인이지요. 그러니 그런 위협은 통하지 않습니다, 폐하."

반백의노인이 더는 참지 못하고 소리쳤다.

"발칙한 놈! 무엄하다 이놈! 감히 어느 안전이라고……!"

황제가 슬쩍 손을 들어서 노인의 말문을 막고는 뜻 모르게 웃는 낯으로 설무백을 보며 말했다.

"그 말을 들으니 더욱 궁금해지는군. 얼마든지 이 자리를 벗어날 수 있다는 네 말이 진실인지 거짓인지 말이야."

장내의 공기가 싸늘하게 변해 갔다.

황제의 말을 들은 암중의 호위 무사들이 살기에 준하는 기세를 풍겼다.

순우황도 예사롭지 않은 눈빛을 드러내며 슬며시 거리를 벌렸다.

여차하면 덤벼들 기세였다.

설무백은 황제의 말 한마디로 인해 벌어지는 장내의 모든 변화를 본능적으로 예민하게 주시하면서 가만히 고개를 저었다.

"그러지 마십시오, 폐하. 어느 누가 폐하의 명령을 수행해서 지금 이 자리를 마련했는지는 모르겠으나, 그는 저를 너무 과소평가했습니다."

그는 일말의 내공을 운기해서 빛나는 눈초리로 황제를 직시하며 힘주어 말을 이었다.

"장담합니다. 지금 여기 있는 자들로는 저를 막을 수 없고, 막는다면 필시 살아남을 자가 없을 겁니다, 폐하."

황제의 표정이 살짝 굳어졌다. 미심쩍은 표정이었다.

그는 슬쩍 하화에게 시선을 주며 물었다.

"저자의 말을 어떻게 생각하느냐?"

가뜩이나 긴장한 모습으로 전전긍긍하고 있던 하화가 대번에 머리를 조아렸다.

"죽을죄를 지었습니다, 폐하! 황송하오나 저자의 말이 사실과 매우 근접한 것으로 사료됩니다, 폐하!"

황제가 정말이지 놀랍다는 표정으로 거듭 확인했다.

"짐은 오늘 서른 세 명의 천군(天軍)을 대동했느니라. 네 말인 즉, 저자에게 서른 세 명의 천군을 상대할 수 있는, 아니, 죽일 수 있는 능력이 있다는 것이냐?"

설무백은 하화의 대답과는 무관하게 힌 빙 맞은 것 같은 기분이 되었다.

천군이라고 했다.

천군은 황제를 지키고 보호하기 위해서 황실에 존재한다는 비밀결사였다.

현 황제가 나라를 세우기 무섭게 시작한 작업이었다.

절대적인 황궁무고의 무공을 기반으로 오직 황제를 수호하는 목적만을 위해 탄생되고, 키워지는 자들, 그래서 일단 천군이 되면 영원한 천군이어야 하는, 자신들은 물론, 자신들의 아이들 또한 천군으로 자라야 할 숙명을 가지는 황실의 극비인 존재들이 바로 천군인 것이다.

평소의 그들은 궁녀(宮女)이거나 환관 혹은 금의위의 말단 문지기 병사의 모습으로 살면서 오직 모종의 경로를 통한 황제의 부름에만 응한다고 하는데, 오늘 황제는 금군 호위병이 아닌 그들, 천군만을 대동한 채 여기 나타난 것이다.

'아니, 왜……?'

설무백이 절로 의문이 들어서 고개를 갸웃거렸다.

황제의 질문을 들은 하화가 그 순간에 거듭 머리를 조아리며 용서를 빌었다.

"……소저의 불찰이 큽니다, 폐하!"

인정이었다.

지금 이 자리는 그녀가 주선한 것이고, 지금 그녀의 판단은 사전에 가졌던 것과 달라진 것이었다.

설무백은 방금까지 품었던 의문도 잊은 채 이채로운 눈빛으로 그녀를 바라보았다.

전날 그는 하화의 음률을 들으며 어쩌면 그녀가 고도의 무공을 소유했을지도 모른다는 생각을 했었다.

당시 그녀의 음률에서는 과거 그가 태산파의 대산인인 혈인마금 담대성과의 격돌에서 경험했던 파괴적인 음공의 기운이 느껴졌기 때문이다.

'내공을 배제한 음공의 선율이 아닌가 했더니만……!'

과연 그의 예상이 옳았다.

삼절가인 하화는 일개 기녀가 아니라 상당한 무공과 설무백의 무공을 꿰뚫어 볼 수 있을 정도의 혜안을 겸비한 여고수였다.

'결국 이 여자도……!'

천군이라는 뜻이었다.

설무백이 그런 생각을 하며 새삼스러운 눈초리로 하화를 쳐다보는데, 황제가 혀를 끌끌 차며 탄식했다.

"어허, 사실이 그렇다면 이거 정말 크나큰 낭패로군. 짐은 오늘 자네의 말을 듣고 저자를 천군의 일원으로 품고자 이리 나선 길이 아닌가? 한데, 짐이 가진 힘이 이리 부족하다면 어찌 저자를 품을 수 있단 말인가."

"죽여 주시옵소서, 폐하!"

하화가 거듭 용서를 빌며 이마를 바닥에 붙이고 조아린 머리를 감히 들지 못했다.

설무백은 이제야 의문이 풀렸다.

대체 왜 그랬는지 자세한 내막은 모르겠으나, 이제 보니 하화가 그를 황제에게 천군으로 추천했던 것이다.

설무백은 정신이 번쩍 들었다.

한 번 천군은 영원한 천군이라는 사실을 그는 이미 잘 알고 있었다.

이유 여하를 막론하고 그는 그런 족쇄를 차고 살고 싶은 생각이 전혀 없었다.

대번에 마음을 다잡은 그는 단호하게 자신의 생각을 드러냈다.

"이렇게 해결하시는 것이 어떻겠습니까, 폐하. 저는 이대로 조용히 이 자리를 떠나겠습니다. 그리고 오늘 이 자리에서 벌어진 모든 일을 깨끗하게 잊겠습니다. 부디 폐하께서도 그렇게 해 주시면 안 되겠습니까?"

황제는 입을 다문 채 대답하지 않았다.

그저 심각해진 표정으로 설무백을 바라보았다.

무슨 생각을 하는지는 몰라도, 이마에 깊게 패인 주름살이 고민을 넘어 고통스럽게까지 보였다.

그러나 설무백은 어디까지나 냉정함을 잃지 않았다.

상대는 누가 뭐래도 이 시대의 천하를 짊어지고 있는 사람,

황제였다.

하물며 당금 황제는 호걸의 기풍과 도적의 성품을 동시에 가진 사람으로 유명했다.

나라를 일으키기 위해서 수많은 동지들을 품은 채 그 어떤 고난도 마다하지 않으며 밑바닥을 기기도 했지만, 황제가 되고 나서는 순전히 자신의 권력을 강화하기 위해서 자신을 황제로 만들기 위해 모든 것을 버리고 청춘을 받쳐 싸웠던 이들과 그 가족들을 가차 없이 숙청한 독심의 소유자가 바로 당금 황제였다.

그러니 황제가 보여 주는 그 어떤 감정의 변화에도 절대 현혹되지 말고 냉정함을 유지해야 했다.

지금 그가 마주한 사람은 천하의 그 어떤 고난과 고통도 능히 감당할 수 있는 강인한 힘과 의지를 지닌 사람이니 절대 눈에 보이는 사사로운 감정에 휘둘려서는 안 되는 것이다.

아니나 다를까.

"짐의 청을 거절하려면 그만한 명분이 있어야 한다. 이래 봬도 짐이 이 나라의 황제 아니냐. 그러니 그러지 말고 이렇게 하자."

황제가 이내 언제 무엇을 고민을 했냐는 듯 환한 미소를 입가에 머금으며 제안했다.

"우선 짐이 너에게 해 줄 수 있는 것을 말해 주마. 짐은 네가 천군이 되면 네가 일으킨 무림의 조직을 인정해 줄 것이며, 마땅한 대우를 해 줄 것이다."

설무백은 미처 예기치 못한 황제의 제안에 못내 침음을 흘렸다. 이건 유혹이었다.

그럴 수밖에 없는 것이, 명나라가 건국되고 수십 년이 지나서 세대가 바뀌는 새로운 황제의 등극을 앞둔 작금의 천하는 황실과 황궁만이 아니라 강호무림의 문파들도 매우 중대한 전기가 되는 시기였다.

구대문파가 왜 있고, 명문정파가 어떻게 가능한 것인가?

나라에서 인정을 해 주고, 전답을 하사해서 살아갈 길을 마련해 주었기 때문에, 바로 나라에서 공인을 받은 집단이기에 구대문파도 있고, 명문정파도 가능한 것이다.

이는 다시 말해서 제아무리 거창하게 무슨 문(門)이니 무슨 방(幇)이니 해 봤자 나라에서 인정해 주지 않으면 본인들의 뜻과는 무관하게 고작해야 불측한 짓을 저지르려고 도당(徒黨)을 이루는 흑도의 집단으로밖에 안 된다는 뜻이다.

결국 지금 황제의 제안은 천하의 그 어떤 무림인도 관심이 가지 않을 수 없는 유혹이었다.

그러나 설무백은 그 유혹에 조금도 넘어가지 않았다.

넘어갈 수 없었다.

그는 기본적으로 그와 같은 명리(名利)에 관심이 없을 뿐만 아니라, 지금 면전에서 그와 같은 제안을 건네는 황제의 미래를 알고 있었기 때문이다.

황제가 그런 그의 속내를 잃은 것처럼 곧바로 냉정한 단서를 달았다.

"단, 인(因)이 있으면 마땅히 과(果)가 있어야 하는 법! 그래도 짐의 청을 거부하겠다면 네게 그럴 수 있는 힘이 있음을 짐에게 보여라! 그럼 짐이 능히 수긍하고 물러나리라!"

설무백은 입맛이 썼다.

어째 얘기가 뜻대로 풀리지 않고 있었다.

지금 황제가 원하는 힘을 보여 주려면 싸움이 불가피하고, 싸움은 피를 부른다.

그리고 역사상 감히 면전에서 피를 부른 자를 용납한 황제는 존재하지 않았다.

즉, 이건 거부를 용납하지 않겠다는 우회적인 표현에 불과했다.

그는 더 없이 정중하게 고개를 숙이며 변할 수 없는 자신의 의사를 밝혔다.

"죄송합니다, 폐하. 폐하의 배려는 진심으로 감읍(感泣) 하나, 소인은 다른 누군가의 힘으로 동료나 가솔을 보살피고 싶은 마음이 전혀 없습니다. 하오니 바라 건데, 어리석은 소인을 불쌍히 여기시어 부디 편히 지낼 수 있도록 살펴 주십시오. 자칫 인과(因果)를 따르려다가 응보(應報)로 이어질까 심히 우려됩니다, 폐하."

황제가 냉담하게 코웃음을 쳤다.

"과연 불쌍한 사람이 너냐, 아니면 짐이냐? 어째 짐의 귀에는 불쌍한 사람이 네가 아니라 바로 짐이라는 협박으로 들리는구나."

설무백은 거듭 고개를 숙이며 대답했다.

"그럴 리가 있겠습니까, 폐하. 소인은 그저 폐하의 선처만을 바라는 연약한 백성일 뿐입니다, 폐하."

황제가 희미하게 웃었다.

이번에는 앞서와 조금 다른 흐뭇한 웃음이었다.

"말끝마다 그놈의 폐하, 폐하. 생긴 것답지 않게 꿀처럼 달달한 아부도 할 줄 아는구나. 그래 좋다. 노력하는 성의를 봐서 마지막 기회를 주마."

문득 안색을 평온하게 바꾼 황제가 품에서 작은 신패 하나를 꺼내서 그의 발치에 던졌다.

"짐의 신물이다."

설무백은 의혹을 느끼며 발치의 신패를 주워들었다.

어딘지 모르게 낯설지 않다 했더니만, 과거 연왕이 가문의 신패라며 그에게 건넨 용봉패와 유사했다.

다른 것이 있다면 신패에 그려진 용의 발톱이 연왕이 준 것보다 두 개가 더 많아서 일곱 개라는 한 가지였다.

본디 오조룡(五爪龍)는 왕을 상징하고 칠조룡(七爪龍)은 황제를 상징하니 이는 황제와 관련된 신패라는 뜻일 것이다.

신패를 확인한 그는 황제를 바라보았다.

의미를 몰라서 묻는 눈빛이었다.

황제가 말했다.

"궁성에서 동편으로 오 리 길에 철불사(鐵佛寺)라는 절이 하나 있다. 거기 사리탑(舍利塔) 언저리에 석등 하나가 있는데, 불을 밝히면 철불사가 망한다는 괴담이 있어서 사시사철 밤이나 낮이나 불을 밝히지 않는 것으로 유명하지."

철불사는 설무백도 아는 절이었다.

황족들만 드나든다는 사찰이었다.

그리고 그는 또 알고 있었다.

철불사의 사리탑에 자리한 석등에 불이 밝혀지지 않은 이유는 오래전부터 그 석등에 불이 밝혀지면 철불사가 망한다는 괴담이 있어서였다.

황제의 말이 계속 이어졌다.

"……그런 날이 있을지 또 있다면 그날이 언제일지는 모르겠으나, 그 석등에 불을 밝히는 사람이 있거든 와서 구해 주거라. 그 신패를 그에게 보여 주면 능히 의심하지 않고 너를 따를 것이니……."

잠시 말꼬리를 흐린 황제가 대뜸 불같은 눈초리로 설무백을 직시하며 말을 끝맺었다.

"이것만 약속해 주면 된다! 그럼 너는 이 자리를 무사히 벗어날 수 있고, 네 말대로 짐도 오늘 이 자리에서 벌어진 모든 일을 말끔히 잊을 수 있다! 약속하겠느냐?"

설무백은 이제 더 이상 선택의 여지가 없었다.

지금 자신을 직시하는 황제의 눈빛에는 절대 변하지 않을 마지막 경고가 담겨 있음을 그는 충분히 읽을 수 있었다.

"약속합니다!"

그는 인사도 없이 그대로 돌아서서 밖으로 나서며 단호하게 부연했다.

"저는 오늘 여기 와서 누구도 만나지 않았으며 오직 한 가지 약속만 가슴에 새기고 돌아갑니다!"

황제는 붙잡지 않았다.

순우황은 무심하게 멀러나서 나가는 길을 내주었고, 암중의 천군들도 그저 숨죽인 채 그의 움직임을 예리하게 주시하고 있을 뿐이었다.

설무백에게 예고도 없이 찾아온 황제와의 만남은 그렇게 끝났다. 그리고 그게 처음이자 마지막으로 이루어진 그들의 만남이었다.

천군天軍 (2)

목가객잔을 무사히 벗어나서 백양반점의 거처로 돌아온 설무백은 다탁에 앉아서 차를 준비해 놓았다.

공야무륵은 어리둥절한 기색이었으나, 석자문은 감을 잡은 눈치였다.

그래도 못내 미심쩍은 모양이었다.

한 식경(食頃 : 30분 정도)가량이 흘러서 준비해 둔 차가 식어 버리자 석자문이 조심스럽게 물었다.

"올까요?"

설무백은 대수롭지 않게 대답했다.

"왔어."

이번에는 석자문이 어리둥절해하는 가운데, 공야무륵이 기민하게 반응해서 문가로 다가섰다.

때마침 설무백이 기다리던 손님이 방문한 것이었는데, 공야무륵은 석자문과 달리 다가오는 그들의 기척을 감지한 것이다.

이윽고, 방문 밖에서 기척이 들렸다.

"손님이 찾아왔습니다. 들여보내도 되겠습니까?"

백양반점의 장궤이기 이전에 하오문의 주결제자인 아추(阿楸)의 목소리였다.

설무백은 허락했다.

"들여보내."

장작처럼 마른 체구를 가진 삼십 대 사내 아추가 조심스럽게 방문을 열고 두 사람을 안으로 들여보냈다.

그들은 바로 삼절가인 하화와 혈금마번 순우황이었다.

"일단 앉죠."

설무백이 자리를 권하자, 하화가 다탁에 놓인 차병과 찻잔을 보며 미소를 지었다.

"역시 기다리고 있었군요."

설무백은 솔직하게 대답했다.

"나도 나지만, 그쪽도 내게 하고 싶은 얘기가 있을 것 같아서."

"과연 예리하시네요."

하화가 무덤덤하게 대답하며 순우황이 나서서 빼 준 다탁의 의자에 앉았다.

그녀도, 그리고 순우황도 보통의 무림인이 아니라 황궁에 귀속된 천군이라는 사실을 안 다음이라 그런지 그들의 관계는 더 이상 전처럼 단순히 기녀와 기녀를 사모하는 사내와의 관계로는 볼 수 없었다.

설무백은 그걸 내색하지 않고 그녀에게 차를 따라 주며 말했다.

"그래도 내가 먼저 묻겠소. 나를 추천한 이유가 뭐요?"

하화가 심드렁하게 대답했다.

"제가 연극을 참 잘해요. 그래서 묘안 석자문이 떠받드는 당신을 보고 어쩌면 당신이 용군(龍君)이 아닐까 생각하며 주시하면서도 전혀 내색을 하지 않았죠."

용군은 진정한 하오문의 문주를 뜻했다.

하오문의 핵심인 구룡자를 부리니 용군이라는 것이다.

"물론 아시다시피 약간의 사달이 벌어지기도 했고요. 그런데⋯⋯."

그녀가 대수롭지 않게 슬쩍 손가락으로 천장을 가리키며 대답을 이어 나갔다.

"사달이 정리되고 나서 당시 순우 대협의 뒤를 따라온 저분이 당신과 함께 사라진 다음에야 저분이 순우 대협을 도왔다는 사실을 전해 들었죠. 그제야 확신했죠. 용군이다. 그래서 나선 거예요."

그녀는 희미한 미소를 흘리며 말을 끝맺었다.

"마침 최근 저의 주도로 천군의 요직을 맡을 인물을 찾고 있었거든요."

설무백은 삐딱하게 하화를 바라보았다.

"고작 그런 이유로?"

하화가 정색했다.

"고작이 아니죠. 당시 저는 당신이 언제 어떻게 사라졌는지 전혀 알지 못했어요. 감각이라는 측면에서 제법 자부하고 있는 제가 분명 당신에게 관심을 두고 있었음에도 불구하고 말이죠."

"그러니까 고작이지."

설무백은 기다렸다는 듯이 잘라 물었다.

"감당하기 어려울 수도 있다는 생각을 했을 텐데, 대뜸 황제의 면전으로 부른다? 그게 말이 된다고 생각하나?"

하화가 어이가 없다는 표정으로 바라보며 실소했다.

"이제 보니 저보다 당신이 더 당신 자신을 과소평가하고 있었네요."

그녀는 표정을 사납게 바꾸며 덧붙여서 강변했다.

"그 자리에는 저와 이십팔숙의 하나인 순우 대협, 그리고 무려 서른세 명의 천군이 포진해 있었어요! 내친김에 하는 말이지만, 제 머릿속에는 당신이 그 자리에서 천군이 되거나 그냥 죽는 길밖에 없었어요!"

천외천의
주인

설무백은 분한 듯 씨근대는 하화를 잠시 묵묵히 바라보다
가 이내 특유의 미온한 미소를 입가에 드리우며 고개를 끄덕
였다.

"좋아, 내가 하고 싶은 말은 끝났으니, 이제 당신 차례. 내
게 하고 싶은 말이 뭐야?"

하화가 잠시 뜸을 들이다가 그의 시선을 마주하고 있다가
이내 자조적인 목소리로 말문을 열었다.

"돌이켜 보면 결국 제가 틀렸어요. 당신은 그저 단순한 용
군이 아니었던 거죠."

그녀는 대뜸 강렬한 눈빛을 드러내며 재우쳐 물었다.

"누구죠, 당신?"

하오문은 역사와 전통, 영역의 광대함과 인원의 다대함에
있어 지리적인 제한을 받는 장강수로십팔타와 황하수로연맹
을 넘어서서 녹림십팔채가 주도하는 녹림맹이나 과거 통일
개방과 어깨를 나란히 하는 거대방파이다.

그러나 태생적인 한계인 무력의 부제로 인해 빛이 아닌 어
둠 속에서, 그것도 수직적인 체계를 고수하지 못하고 지극히
수동적인 점조직의 형태를 유지하는, 아니, 유지할 수밖에 없
는 단체임도 부정하지 못한다.

그런데 최근 들어 하오문의 움직임이 매우 역동적으로 변
화했다.

이는 하오문에 진취적인 기상을 가진 새로운 문주인 용군의 출현을 암시했고, 황제의 명령을 받아서 의도치 않게 공석이 되어 버린 천군의 요직, 이른 바 칠공신(七功臣)의 한 자리에 앉힐 수 있는 인물을 수소문하던 하화의 눈에 띄었다.

통일개방과 어깨를 견주는 거대방파의 수장이라면 무공의 고하와 무관하게 능히 칠공신의 한자리에 앉힐 수 있겠다는 판단이 그 이유였다.

무공은 그들, 천군에게 얼마든지 있고, 그 정도의 역량을 가진 인물이라면 능히 빠르게 성장할 수 있다는 것이 그녀의 판단이었다.

따라서 역시나 칠공신의 하나인 그녀, 하화는 지닌 바 역량을 총동원해서 하오문의 문주인 용군을 수소문했고, 혹시나 했던 자신의 짐작이 옳았음을 알게 되었다.

세간에 하오문의 문주로 알려진 묘안초도가 석자문 한 사람이 아니라 그의 쌍둥이 동생인 석자양을 포함한 두 사람을 뜻하며, 그들은 단지 하오문을 떠받치는 아홉 기둥인 구룡자의 일원에 불과함을 파악할 수 있었던 것이다.

하지만 그녀가 밝혀낸 것은 딱 거기까지였다.

하화는 자신이 가진 역량을 총동원했음에도 불구하고 용군의 실체를 파악하는 데 실패했다.

용군은커녕 묘안초도인 석자문과 석자양을 제외한 나머지 구룡자의 실체를 파악하는 것조차 호락호락하지 않아서 반

년 동안 겨우 구룡자 중 점소이들과 장궤들의 대부라는 은도철과 기녀들의 대모라는 녹산예의 정체만을 파악했을 뿐이었다.

전에 비해 강화된 점조직으로 구성된 하오문의 체계는 그녀가 생각하는 것보다 더 치밀하고 용의주도해서 도무지 용군의 실체에 접근할 수 없었던 것이다.

그런데 하늘이 도왔던 것일까, 아니면 어차피 만나게 될 인연이었을까?

포기하고 새로운 인물을 물색하고 있던 하화에게 하오문의 묘안초도 석자문이 누군가와 함께 가가원에 나타났다는 소식이 전해졌다.

그 때문이었다.

하화는 순우황과의 동행이 아니면 거의 움직이지 않았으나, 그때만큼은 전혀 신경 쓰지 않았다.

당시 그녀가 순우황의 부재에도 불구하고 기존에 정해진 시간보다 빠르게 다원의 공연에 나섰던 것은 오직 석자문의 동행자인 설무백의 존재를 파악하기 위해서였다.

그리고 그녀의 그와 같은 노력은 헛되지 않았다.

그녀가 은연중에 살피고 또 살핀 석자문의 동행 중 하나, 바로 설무백은 하오문의 용군이 분명했다.

애써 태연한 척하면서도 감히 함부로 대하지 못하는 석자문의 태도가 그것을 말해 주었다.

이것이 바로 설무백과 황제의 자리를 주선한 전모이며 진짜 이유라는 것이 하화의 고백이었다.

"……그래서 저는 당시 당신이 순우 대협을 도왔다는 사내와 같이 자리를 떠났을 때, 오히려 좋았어요. 그 자리에는 피해야 할 시선이 있었으니까요. 그런데……."

하화는 설명의 말미에서 단호하게 고개를 저으며 거듭 자신의 생각을 드러냈다.

"아무리 그래도 이건 아니에요. 수십 명의 천군을 무시할 수 있는 실력자가 하오문의 용군이라는 것은 너무나도 현실적이지 않아요. 그간 제가 조사한 하오문의 무력은 절대 당신 같은 용군을 탄생시킬 수 없어요!"

그녀는 일체의 부정을 용납할 수 없다는 듯 사나운 눈초리로 노려보며 애초의 질문을 다시 다시금 던졌다.

"대체 누굽니까, 당신?"

설무백은 대답 대신 빙그레 웃으며 황제가 준 신패를 품에서 꺼내 탁자를 톡톡 두드렸다.

"그게 그리 궁금했으면 이런 물건을 받기 전에 물었어야지. 안 그래?"

하화의 얼굴이 볼썽사납게 일그러졌다.

설무백은 수중의 신패를 들어서 이리저리 살피며 지나가는 말처럼 부연했다.

"나는 좋은 놈이 아니야. 오히려 나쁜 놈 축에 들지. 대신 믿을 만한 놈이긴 해. 적어도 약속을 어기진 않아. 그러니 더이상 욕심내지 말고 돌아가."

하화가 머뭇거렸다.

차갑게 식은 그녀의 두 눈이 기묘한 빛에 휩싸여서 흔들렸다. 이대로 물러나는 것이 옳다는 체념 뒤로 강렬한 욕심이 일어나 생기는 갈등의 빛이었다.

설무백은 그 속에서 흔히 볼 수 없는 그녀의 무력을 느끼며 쓰게 입맛을 다셨다.

"그때 당신을 도왔던 그녀가 지금 당신의 모습을 봤다면 참으로 기가 막히겠군. 어쩌면 자신보다 더 높은 경지에 올라섰을지도 모르는 고수를 돕겠다고 나섰으니 말이야."

하화가 냉소를 머금으며 말을 받았다.

"언제 어디에나 그런 사람이 있죠. 매사에 나서기 좋아해서 오지랖을 부리는 사람이요."

설무백은 살짝 미간을 찌푸렸다.

"어째 말에 가시가 있는 것 같네?"

하화가 퉁명스럽게 대꾸했다.

"아, 그런가요? 그럴지도 모르겠네요. 이제야 말이지만, 그때 그 자리에 당신이 없었다면 그녀는 괜한 오지랖을 부렸다는 이유로 제게 욕을 먹었을 거예요. 남맹 쪽에 줄을 대서 새로운 인물을 물색하려던 참이었거든요."

설무백은 약간 감정이 상했다.

본의 아니게 남궁유화의 입장에서 화가 났나.

하화의 말이 무슨 뜻인지도 알고, 왜 그런 생각을 할 수밖에 없는지도 이해했다.

하지만 당시의 일로 남궁유화가 겪어야 했던 아픔을 알기에 순순히 인정하고 받아들일 수가 없었다.

"그때 당신을 도와서 그녀가 어떤 대가를 치러야 했는지 안다면 절대 그런 소리는 하지 못할 텐데……."

"그게 무슨 소리죠?"

"아니……."

설무백은 고개를 갸웃거리는 하화를 사뭇 냉정하게 외면하며 말했다.

"……별로. 그저 지금 당신이 점점 더 내게 점수를 깎이고 있다고 말하는 거야."

"……?"

하화는 도무지 모르겠다는 표정이었다.

설무백은 수중의 신패를 품에 갈무리하고 느긋하게 팔짱을 낀 채 의자에 등받이에 등을 기대며 지나가는 말처럼 그녀의 심중을 읽었다.

"그리 머리가 나쁜 것 같지는 않아서 한 번만 얘기해 줄 테니까, 잘 들어. 당신이 그 당시 함께 있던 서른세 명의 천군을 이 자리에 대동했고, 그래서 황제가 없는 이 자리라면 마음껏 전력을 다할 수 있으니까 어쩌면 혹시 나를 제압할 수 있지 않을까 하는 생각이 든다는 잘 알아."

그는 폐부를 찔린 표정으로 두 눈이 커지는 하화를 냉정하게 주시하며 재우쳐 말했다.

"관둬. 당신과 순우황, 그리고 지금 이 자리를 포위한 천군들이 한 무더기가 더 있어도 안 돼. 다 죽을 거야. 그러니 괜한 고민 말고 어서 돌아가서 나에 대한 모든 것을 잊어. 내 입에서 꺼지라는 소리 나오기 전에!"

하화가 부르르 진저리를 쳤다.

내내 침묵으로 일관하던 순우황의 눈빛에는 적잖게 당황한 기색이 서렸다.

경악과 불신의 반응이었다.

설무백이 말과 동시에 일시지간 전신의 내공을 끌어 올려서 그들의 전신을 억압한 결과였다.

"아참!"

설무백은 깜빡 잊었다는 듯 이마를 치며 한마디 덧붙였다.

"인사는 필요 없어. 피차 잊어야 할 상대에게 무의미한 짓이잖아 그거."

하화가 분하다는 듯 매서운 눈길로 뚫어지게 그를 노려보았다.

이에 설무백은 어디까지나 무심하게 그녀의 시선을 마주하고 있었다. 무언의 재촉이었다.

"흥!"

결국 하화가 이내 어쩔 수 없다는 듯 냉소를 날리며 자리에서 일어나서 밖으로 나갔다.

순우황이 묵묵히 그녀의 뒤를 따랐다.

설무백은 픽 웃으며 식은 차 한 잔을 들이켰다.

사람의 감정이란 참으로 묘하고, 그도 어쩔 수 없는 사람인지 도움을 준 사람에게 인정받지도 못한 채 치욕스러운 대가만을 치른 남궁유화가 떠올라서 그리 곱다고 생각했던 하화가 전혀 곱게 보이지 않았다.

그때 암중의 혈영이 보고했다.

"다들 철수했습니다."

설무백은 가만히 고개를 끄덕이고는 사뭇 싸늘하게 명령했다.

"약속은 약속이니까, 지금 이 순간부터 저들 중 누구라도 내 곁으로 다가서는 자가 있으면 묻지 말고 그냥 죽여!"

혈영이 짧게 복명했다.

"옙!"

설무백은 그제야 내내 침묵한 채 눈치만 보고 있던 석자문에게 시선을 주며 물었다.

"결국 그날 그 빈자리가 그냥 재수가 좋아서 얻은 빈자리가 아니었던 거군?"

구룡자의 신분이 드러났다는 하화의 설명을 듣는 순간부터 얼어붙은 것처럼 경직되어 있던 석자문이 애써 멋쩍은 미소를 흘리며 사정을 밝혔다.

"가가원의 점소이들을 총괄하는 우두머리인 점장(店長) 곽윤(郭瀹)이 현결제자(玄結弟子)입니다. 그가 사전에 마련해 둔 자리인데, 그는 삼단계(三段階) 제자이긴 하나, 강남북의 중요한 정보가 흐르는 가가원의 특성을 고려해서 은도철, 은 아우가 종종 독대하는 것으로 압니다."

결국 당시 비어 있던 자리는 기실 점장 곽윤이 사전에 마련해 둔 자리였고, 하화는 곽윤이 하오문도임을 이미 알고 있었다는 뜻이다.

곽윤을 먼저 안 것인지, 은도철을 먼저 안 것인지는 알 수 없지만 말이다.

설무백은 이제야 어느 정도 상황을 납득하고 추론했다.

"그럼 녹산예의 신분이 드러난 것도 은도철 때문이겠군."

당연히 그럴 터이다.

은도철이 천하각지에 분포된 하오문 소속의 점원들과 점소이들을 총괄한다면 녹산예는 천하각지의 분포된 가인들과 기녀들을 총괄하고 있다.

관리하는 형제들의 특성상 두 사람은 자주 접촉할 수밖에 없는 것이다.

"그럴 겁니다. 그리고……."

석자문이 즉각 인정하고는 사뭇 사나워진 눈빛을 드러내며 덧붙였다.

"그녀가 내색은 삼갔으나, 그 이이들 밀고도 드러난 아이가 더 있을 겁니다. 강호에 사는 인간이라면 누구나 다 그게 무엇이든 삼 할은 감추는 것을 미덕으로 아니까요."

설무백은 사나워진 석자문의 기색을 보고서 물었다.

"그래서 그녀를 죽이자고?"

석자문이 기다렸다는 듯 넙죽 고개를 숙이며 대답했다.

"우리의 중추인 구룡자의 셋을 혹은 넷을 알고 있다면 매우 위험한 존재입니다. 그리고 그녀가 지난 육 개월 동안이나 하오문을 탐문하고 있었음에도 전혀 모르고 있었다는 것은 저의 뼈아픈 실책입니다. 기회를 주신다면 절대 흔적을 남기지 않고 깨끗하게 처리해 보도록 하겠습니다."

설무백은 불쑥 물었다.

"흔적을 남기지 않고 깨끗하게 처리하면 약속을 어기는 것이 아니게 되는 건가?"

석자문이 대번에 설무백의 심중을 파악한 듯 그대로 무릎을 꿇으며 머리를 조아렸다.

"죄송합니다, 주군! 제가 흥분한 나머지 미처 거기까지는 생각을 못하고……!"

"알아, 알아! 사람 무안하게 과민하긴……!"

설무백은 손을 내저으며 눈총을 주다가 이내 의미심장한 미소를 흘렸다.

"기실 나는 그 자리를 잊겠다고 했을 뿐이니, 그녀가 우리에게 해가 된다면 죽여도 상관없어. 말장난으로 들릴지는 몰라도, 그녀가 하오문의 비밀을 캔 건 그 자리 이전의 일이고, 우리는 그 자리가 아니라 오늘 그와 같은 사실을 알았으니까. 다만……!"

그는 가만히 고개를 저으며 말을 이었다.

"그녀의 처우는 좀 더 지켜보고 나서 결정하기로 하자. 아직은 그녀의 존재가 우리에게 해일지 득일지 단정하기 어려우니까."

석자문은 그대로 수긍하며 이의를 달지 않았다.

언제, 어느 때부터인지는 몰라도 그는 절대적으로 설무백의 말을 신임하고 있었다.

게다가 그가 나설 기회도 없었다.

때마침 설무백의 지시를 받고 냉사무를 만나러 갔던 용사가 돌아왔기 때문이다.

용사의 뒤에는 감시자 아닌 감시자로 보낸 위지건이 붙어 있었는데, 그가 따라 들어오며 묘한 시늉을 했다. 손가락으로 앞의 용사를 가리키며 자신의 볼을 때리는 시늉이었다.

설무백은 영문을 몰라서 고개를 갸웃거리다가 이내 용사의 얼굴을 보고나서야 알아차렸다.

용사의 양쪽 뺨과 귓불 부근 전체가 붉게 변해서 도드라져 있었다.

누군가에게, 아마도 냉사무에게 귀싸대기를 두들겨 맞은

것이 분명했다.

"다녀왔소."

설무백은 애써 딴청을 부리며 보고하는 융사를 향해 피식 웃고 나서 물었다.

"맞았냐?"

융사가 대답하지 않았다.

설무백은 불쑥 손을 내밀어서 그의 턱을 잡고 이리저리 기울이며 뺨을 살펴보았다.

"반항하지 않고 제대로 맞았네?"

"이게 무슨……!"

융사가 발끈하며 설무백의 손을 뿌리쳤다.

설무백은 자신의 손을 뿌리치는 융사의 손목을 잡아채서 당기며 한 발을 내밀어서 발끝으로 융사의 발목을 받쳤다.

융사로서는 뻔히 보면서도 전혀 피하거나 방어할 수 없는 기묘한 한 수였다.

융사의 몸이 허공으로 붕 떠올랐다.

설무백은 그 와중에도 융사의 손목을 놓지 않았다.

융사의 몸이 거꾸로 설무백의 머리 위를 타고 넘어서 이내 등부터 사정없이 바닥에 내동댕이쳐졌다.

쿵-!

묵직한 소음이 울렸다.

뼈아픈 충격이 느껴지는 소음이었다.

그러나 정작 융사는 비명조차 지르지 못한 채 그저 자신의 의도와 상관없이 하늘을 보고 누운 자세 그대로 굳어졌다.

분명 상대의 힘을 역이용하는 지극히 간단한 사량발천근(四兩發千斤)의 일수에 당했다는 것은 알겠는데, 왜 당했고 어떻게 당했는지 전혀 감을 잡을 수 없었다.

내공의 고하를 떠나서 도무지 그가 감당할 수 없는 속도였기 때문이다.

설무백은 그제야 무심히 그의 손목을 놓아주며 말했다.

"반항하지 않고 맞은 건 잘했다. 안 그랬으면 둘 중 하나는 틀림없이 죽었을 테니까."

겨우 정신을 차린 융사는 다시금 어리벙벙해졌다.

그는 설무백이 위지건에게 내린 명령을 전혀 모르고 있었기에 대체 이게 무슨 소린지 전혀 이해할 수 없었다.

설무백은 그런 그의 생각을 읽고 새삼 웃으며 말했다.

"합격이다. 식객으로 받아 주마. 황태자 즉위식이 끝나면 같이 가는 것으로 하자."

무림세가武林勢家 (1)

황태자 즉위식까지는 나흘이 남아 있었다.

설무백은 나흘이라는 그 시간을 그야말로 눈코 뜰 사이 없
이 바쁘게 보냈다.

우선 하오문의 연락망을 통해서 북경상련의 총수인 방양
에게 응천부의 동향을 전했다.

황제와의 만남을 직접 언급하진 않았으나, 이번 황태자 즉
위식에 다수의 천군이 동원되었음도 알려 주었다.

방양을 통해서 연왕에게 알리려는 목적이었다.

이는 그가 직접적으로 황궁의 일에 개입하지 않으려는 최
선의 선택이자, 노력이기도 했다.

한편으로 그는 사례태감 정정보의 양자들에 대한 감시를

게으르게 하지 않았고, 응천부에 거주하는 모용세가의 핏줄들도 남몰래 면밀히 살폈다.

그간의 정황으로 봐서 하나같이 세도가의 권력을 가진 정정보의 양자들은 말할 것도 없고, 손꼽히는 권문세가인 모용세가도 생사교의 후신인 천사교와 밀접한 관계가 있을지도 모른다는 것이 그의 의심이었다.

그래서 모용세가가 자리하고 있는 강서성 남창부로 직접 찾아가서 조사하고 싶은 마음이 굴뚝같은 그였으나, 거기는 남맹의 통제 아래 있는 지역인데다가, 황태자 즉위식이 불과 나흘 밖에 남지 않았다는 시간적인 이유로 부득불 포기할 수밖에 없었다.

하지만 폭풍전야처럼 분명 무언가 일어날 것 같은 나흘의 시간 동안 한시도 쉬지 않고 불철주야, 전력을 다한 노력에도 불구하고 결과는 허망했다.

설무백은 아무런 소득을 얻지 못했다.

정정보의 양자들 중 그 누구에서도 천사교와의 관계를 찾아볼 수 없었다.

응천부에 거주하는 모용세가의 핏줄들도 다르지 않았다.

그들 대부분이 각 분야에서 나름 막강한 실권을 가졌다는 것만을 확인했을 뿐, 그 이외에 다른 어떤 외세와 결탁했다는 흔적은 발견할 수 없었다.

나흘이라는 시간이 그렇듯 무색하게 지나고, 황태자 즉위식이 벌어지는 날의 아침이 밝았을 때, 그는 그래서 더욱 긴장해서 촉각을 곤두세웠다.

그러나 그의 걱정은 기우요, 노파심에 불과했다.

모처에 집결해서 대기하던 좌군도독부와 우군도독부 예하의 기무좌위, 안기우위의 주력이 하룻밤 사이에 남경의 외각을 봉쇄하고, 기존의 남경수비대인 영무위와 용호위가 궁성의 외부를, 금의위와 금의위 예하의 북진 무사들이 궁성의 내부를 전격적으로 차단한 가운데 치러진 황태자 즉위식은 실로 무사히 시작해서 무사히 끝났다.

설무백은 남경 북부의 끝자락인 강변의 이름 모를 객잔에서 독대한 연왕 주체와 함께 그와 같은 소식을 전해 들었다.

본디 만일의 사태에 대비한 조치를 모두 끝낸 그는 홀로 역사적인 황태자 즉위식을 지켜볼 생각이었다.

아무리 그라도 지근거리까지 접근하는 것은 무리겠으나, 정당한 거리만 유지하면 뛰어난 이목을 지닌 그로서는 별반 무리를 하지 않아도 얼마든지 가능한 일이었다.

전생의 기억을 가진, 그리고 지금 이 생에서 연왕은 물론 황제와도 인연을 맺은 그로서는 참으로 감회가 남다르고, 만감이 교차하는 일이라 직접 자신의 눈으로 보고 싶었던 것이다.

그러나 그럴 수가 없게 되었다.

연왕이 극비리에 북평의 왕부를 벗어나서 남경 응천부를 향했다는 방양의 연락을 받았기 때문이다.

물론 연왕이 옹천부로 들어서기 전에 그에게 전갈을 보내서 가능한 만남이었지만 말이다.

"알았으니, 그만 나가 봐."

설무백은 보고를 끝내고 눈치를 보는 석자문을 밖으로 내보내며 술병을 들어서 연왕의 술잔을 채워 주었다.

"드세요. 필요하실 것 같습니다."

하지만 연왕은 술잔을 들지 않고 그저 설무백을 물끄러미 쳐다보며 말했다.

"아우가 아직 이 우형의 성격을 잘 모르는 모양이군. 이 우형은 말이야 보기보다 아주 거칠고 사납다네. 여차해서 취기에 못 이겨 본색이 드러나서 칼을 뽑아 들고 황궁으로 쳐들어가면 어쩌려고 술을 먹으려는 게야."

설무백은 대수롭지 않게 대꾸했다.

"압니다. 그 핏줄이 어디 가나요. 하지만 그래 봤자 개죽음일 것이 뻔한데, 그걸 모를 정도로 바보는 아니잖습니까."

연왕이 자못 눈을 크게 뜨고 탁자를 치며 소리쳤다.

"무엄하도다! 감히 황족의 핏줄을 운운하는 것도 모자라서 과인을 천하의 미물인 개에 비유하다니, 네가 정녕 그러고도 살기를 바라느냐!"

설무백은 시큰둥하게 쳐다보며 물었다.

"안 되는 겁니까?"

그러자 연왕이 언제 언성을 높이며 화를 냈냐는 듯 바보처럼 배시시 웃으며 말했다.

"아니, 되지. 아우야 뭐 그럴 수 있지. 흐흐흐……!"

설무백은 따라 웃으며 술병을 들었다.

"어서 드세요. 사전에 이 아우에게 아무런 언질도 없이 위험하게 예가지 온 죄로 적어도 석 잔의 벌주는 마셔야 합니다."

"그럴까 그럼?"

연왕이 기다렸다는 듯 단숨에 술잔의 술을 들이켜며 활짝 웃는 낯으로 빈 술잔을 내밀었다.

설무백은 따라 웃으며 거듭 술잔을 채워 주었다.

연왕이 연신 활짝 웃으며 그가 따라 준 술잔의 술을 비웠다.

설무백은 그 모습을 보자 못내 마음이 먹먹하고, 묵직해졌다.

분명 연왕은 기분 좋다는 듯 웃고 있는데, 설무백의 눈에는 어쩐지 상심한 사람처럼 보였다.

그리고 왠지 모르게 쓸쓸하고 외로워하는 사람처럼 느껴졌다.

적어도 설무백은 그것을 이해할 수 있었다.

현 황제 태조의 넷째 아들인 연왕은 태조의 정비인 마황후(馬皇后)의 소생으로 알려져 있지만, 기실 동방의 고려 여인에게서 태어났다는 소문이 자자했다.

그래서 연왕이 황제의 서열에서 멀어진 것은 어쩌면 당연한 일이었다.

처음 연왕은 그러한 것에 불만이 전혀 없었다.

마황후 소생의 장남이자, 그의 큰형인 의문태자 주표는 적자가 아닐 수도 있다는 세간의 소문에도 불구하고 그와 우애가 매우 깊었으며, 무엇보다도 아버지 태조가 공신을 죽이려 할 때마다 결사적으로 만류할 정도로 인자하며 공명정대한 인물이었기 때문이다.

연왕은 그래서 아직 잔존한 북방의 원나라 잔당과 여진족을 견제하라는 아버지, 태조의 명령 아래 북평으로 내몰렸어도 거부하지 않았다.

그게 정정보와 권문세가들이 주도해서 벌어진 일이라는 것을 알면서도 외면하며 순종했다.

황태자이기 이전에 형인 주표를 위하는 마음에서였다.

그뿐 아니라, 칼 같은 과단성과 용맹을 타고난 그에겐 어쩔 수 없이 포기해야 하는 웅심을 억누르기 위해서라도 불필요한 힘을 낭비할 필요가 있었다.

그래서 그는 그렇게 했다.

북평을 근거지로 하며 북방의 군사들을 총괄하여 몽고인, 타타르 등과 필요 이상으로 맹렬히 싸웠고, 아예 국경지대 수비군의 지휘관으로도 종종 나서서 수비군을 통솔하기까지 하는 등, 그야말로 자처해서 사지와도 같은 전장을 돌며 정신없는 시간을 보냈다.

천하천의
주인

그런데 운명이 그런 그를 희롱했고, 끝내 시험에 들게 만들었다.

생각지도 못하게 느닷없이 황태자인 의문태자 주표가 죽어 버린 것이다.

기실 태조는 과거에도 장남인 주표보다 넷째인 연왕을 후계자로 염두에 두고 있었다.

강단의 연왕과 달리 여린 심성의 주표가 마음에 들지 않아서였는데, 그럼에도 불구하고 태조는 정정보를 축으로 하는 중신들의 적극적인 만류에 막혀서 뜻을 이루지 못했었다.

우습지 않게도 황태자가 죽은 이번 역시도 그랬다.

태조는 내내 마음에 두고 있던 연왕을 새로운 황태자로 봉하려 했으나, 황태자가 죽으면 그 뒤는 황태손이 이어야 하며, 연왕 위에는 둘째와 셋째도 있다는 이유를 들어서 거세가 만류하는 중신들의 간청과 그런 간청을 등에 업은 사례태감 정정보의 적극적인 반대로 말미암아 시간만 질질 끌다가 결국 이렇게 된 것이다.

그렇게 태조는 다른 도리 없이 죽은 황태자의 아들인 황태손 주윤문(朱允炆)을 다음 대 황위를 계승할 황태자로 책봉한 것인데, 이제 주윤문의 나이 고작 열다섯이었다.

아버지 태조의 마음을 모르지 않으며, 정정보를 축으로 하는 권력의 실세들이 어찌하여 어린 주윤문을 황위 계승자로 내세우려는지도 익히 잘 알고 있는 연왕의 입장에서는 이번 황태자 즉위식이 참으로 고통스러운 인생의 변곡점이 아닐 수 없는 것이다.

설무백이 따라 주는 석 잔의 술을 애써 웃는 낯으로 다 마신 연왕이 못내 한숨을 내쉬며 그와 같은 심중을 내색했다.

"……그래도 너무했어, 우리 아버님. 아무리 눈치가 보여도 그렇지, 지나가는 말이라도 오라는 소리 하나 없다니 말이야. 명색이 조카의 황태자 즉위식인데, 행여 내가 무슨 훼방이라도 놓을까 봐 그러셨나……."

설무백은 애써 마음을 다잡으며 냉정하게 말했다.

"섭섭해 마십시오. 그렇지 않다는 걸 잘 아시잖습니까."

연왕이 심통을 부리듯 말을 받았다.

"그래, 알아. 과인이 왜 그걸 모르겠어. 과인의 목숨을 살리려고 그런 것이겠지. 하지만 알아도 섭섭한 건 섭섭한 거야."

"그렇다고 여기까지 여길 오신 건 너무 과했습니다. 자칫 외인의 눈에 띄기라도 한다면 정말이지 걷잡을 수 없는 사달이 벌어질 겁니다."

"그것도 알아. 이 우형도 그걸 아니까 아우님에게 가장 먼저 연락을 취한 거잖아."

"저도 여기까지가 한계입니다."

설무백은 마음을 다잡으며 사뭇 냉정하게 잘라 말했다.

"더는 위험합니다. 영내로 들어가시는 건 무리니, 여기서 그만 돌아가십시오."

연왕이 짐짓 울상을 지으며 물었다.

"아우님의 도움을 받아도 무리일까?"

설무백은 단호하게 고개를 저었다.

"예, 무리입니다."

"거짓말."

"정말입니다. 저 혼자라면 모를까 형님을 모시고 천군의 경계를 뚫는 것은 불가능합니다."

"천군이 그리도 강하던가?"

불쑥 튀어나온 연왕의 질문에 설무백은 조금 당황했지만, 애써 내색을 하지 않고 대답했다.

"강하더군요. 앞으로 어떤 시국을 맞이할지 모르겠지만, 형님도 단단히 준비해 두시는 게 좋을 겁니다."

"그 말인 즉, 지금 우리 애들이 부족하다고 생각해서 하는 말이겠지?"

지금 장내의 주변에는 적잖은 기척들이 도사리고 있었다.

고도의 은신술을 발휘한 채 주변을 경계하고 있는 연왕을 호위들이었다.

연왕은 지금 그들과 천군을 비교하고 있는 것이었다.

설무백은 은연중에 그들의 기척에서 풍기는 기세를 새삼 음미하며 솔직하게 대답해 주었다.

"그렇습니다. 차이가 납니다."

장내의 기운이 서늘해졌다.

암중의 호위들이 싸늘한 기세를 드러낸 결과였다.

이조차 천군과 차이가 나는 상황이었다.

당시 천군은 그가 황제에게 무슨 말을 해도 일체의 감정을 드러내지 않았다.

그는 강한 어조로 한마디 덧붙였다.

"그것도 아주 많이 납니다."

"하긴, 천군은 아버님이 나라를 세우기 이전부터 공을 들인 자들이니 강할 수밖에……."

연왕이 쓰게 입맛을 다시며 수긍하고는 짐짓 가늘게 좁힌 두 눈으로 설무백을 보았다.

무언가 의미심장한 얘기를 꺼내려는 눈치였다.

"그래서 하는 말인데, 아우님. 이 우형이 아우님에게 한 가지 제안을……."

설무백은 직감적으로 무언가 좋지 않은 감이 와서 사전에 말을 차단했다.

"형님. 죄송하지만, 그 제안은 거부하도록 하겠습니다."

연왕이 정말 의외인 듯, '이건 뭐지' 하는 표정을 내비치며 물었다.

"듣지도 않고 거절부터 하는가?"

"들어 보지 않아도 무슨 제안을 하실지 짐작이 가니까요."

사실이었다.

시기적으로 아마도 이맘때였을 터였다.

당금 태조가 과거 권력을 강화하기 위해 이런저런 부속기관을 만든 것도 부족해서 직속의 감찰기관인 금의위와 극비의 조직인 천군을 창설한 것처럼 연왕도 그에 뒤지지 않고 자신만의 특무기관을 창설한다.

연왕이 영락제라는 연호로 집권한 명조(明朝)의 세상에서 공포정치의 산실(産室)이자, 권력의 핵심으로 자리매김하는 동창(東廠)의 등장이었다.

연왕이 사뭇 불쾌하다는 표정을 드러내며 가만히 설무백을 바라보다가 불쑥 물었다.

"무슨 제안일 것 같은가?"

설무백은 보란 듯이 '하하' 소리 내서 웃고는 이내 거짓말처럼 정색하며 말했다.

"무슨 제안인지 듣지 않으려고 감히 천하의 연왕 전하이신 형님의 말도 겁 없이 끊은 제가 그걸 제 입으로 말할 것 같습니까?"

연왕이 이렇게 대놓고 노골적으로 나오니 정말 뭐라고 할 말이 없다는 듯 '끙' 하고 신음 아닌 신음을 흘리며 쩝쩝 입맛을 다셨다.

설무백은 내심 그런 식으로 참고 넘어가 주는 연왕의 태도가 못내 고마워서 굳이 변명을 아끼지 않았다.

"고깝게 보지 마시고, 너그럽게 이해해 주십시오, 형님. 지금 변혁의 시간을 보내는 것은 황궁만이 아닙니다. 제가 사는 무림도 같습니다."

연왕이 한숨을 내쉬고는 이내 투정을 부리며 자리를 털고 일어났다.

"사람 참 박하기는…… 알았네, 알았어. 곱게 그냥 가면 될 거 아닌가."

설무백은 픽 웃으며 따라 일어나서 공수했다.

"내치신 김에 멀리 배웅하지 못하는 점도 너그럽게 이해해 주십시오, 형님."

"쳇!"

연왕이 혀를 차고 삐뚤어진 아이처럼 설무백을 노려보고는 툴툴거리며 밖으로 나갔다.

"나중에 북평에 오면 아주 국물도 없을 줄 알아!"

설무백은 그저 가볍게 웃으며 떠나가는 연왕을 배웅했다.

연왕이 밖으로 나가기 무섭게 멀어져 가고, 암중에서 연왕을 호위하던 기척들도 빠르게 사라져 갔다.

그 와중에 왈칵 문이 열리며 밖에서 기다리고 있던 석자문이 안으로 들었다.

다급한 기색인 그의 뒤에는 공야무륵과 위지건, 그리고 새로운 식구인 융사 말고도 두 사람이 더 따르고 있었다.

혹시 몰라서 연락책으로 백양반점에 남겨 둔 일청도인과 구룡자 중에서 가장 눈이 좋고 귀가 밝은 백이문이 바로 그들이었다.

천외천의
주인

"주군……!"

설무백은 슬쩍 손을 들어서 다급히 나서는 석자문의 말문을 막으며 암중의 혈영에게 지시했다.

"혈영, 다 같이 가서 강 건너까지 배웅해 드려. 감시로 오해를 살 수도 있으니, 들키지 말고."

"옙!"

짧은 대답과 함께 혈영을 비롯한 사도와 흑영, 백영 등, 암중에 포진하고 있던 네 사람이 바람처럼 사라졌다.

설무백은 그제야 눈치를 보고 있는 석자문에게 시선을 주며 넘겨짚었다.

"항주인가?"

"옙!"

석자문이 기다렸다는 듯 수긍하며 대답했다.

"해남검파의 일월비천검 반천양과 사상쾌도 적사연이 항주로 입성했답니다!"

"거리를 두시려는 겁니까?"

남경에서의 주변 정리를 발 빠르게 끝내고, 색마와 동행하기에는 아직 마음의 준비가 안 됐다는 객쩍은 농담을 던져서 융사를 풍잔으로 보내 버린 다음, 석자문이 구해 준 말을 타고 항주로 향하는 밤길이었다.

설무백의 지시에 따라 공야무륵과 위지건처럼 말을 타고 뒤를 따르는 흑영이나 백영과 달리, 끝내 사절하며 사도와 함께 모습을 드러내지 않은 채 경신술로 따르던 혈영이 불쑥 건넨 질문이었다.

그야말로 밑도 끝도 없는 질문이었으나, 설무백은 그다지 별스럽지 않았다.

연왕을 마중하고 돌아온 이후부터 혈영이 내내 하고 싶은 말이 있는 기색이었음을 그는 충분히 느끼고 있었다.

"형님과?"

"……예."

"그렇게 보였나?"

"그분의 청을 들어 보시지도 않고 거절하시니……."

말꼬리를 흐린 혈영이 아무래도 설명이 부족하다고 생각했는지 자신의 의견을 덧붙였다.

"객잔을 떠나실 때도 그렇고, 강을 건너시기 전에도 몇 번이나 발걸음을 멈추고 돌아보셨는지 모릅니다. 그분의 제안이 무엇인지 짐작하기는 어려우나, 주군의 거절을 몹시도 아쉬워하는 눈치셨습니다."

설무백은 픽 웃었다.

"걱정 돼?"

"……예."

"괜찮아. 이 정도 가지고 끊어질 관계는 아니니까. 혹시나 이 정도로 끊어질 관계라면 그냥 끊어지는 게 낫고."

"……."

혈영인 잠시 뜸을 들이다가 물었다.

"외람되나 그분의 제안이 무엇인지 제가 알아도 되겠습니까?"

"외람은 무슨……."

설무백은 대수롭지 않게 대답해 주었다.

"나를 칼로 쓰려는 것 같아서 거절한 거야. 나는 그분의 칼이 되고 싶지 않아. 그분이 가진 칼은 지금도 충분하고, 앞으로도 차고 넘칠 테니까."

"……그분 앞에서는 부족하다고 하시지 않았나요?"

"그걸 바라시는 눈치라서 그렇게 말해 주었을 뿐이야."

"……?"

"새로운 칼을 만들려고 사전 작업을 하시는 거야. 반대하는 사람을 설득 혹은 무마하기 위한 일종의 정치인 거라고."

"아……!"

"아무튼, 내가 그분의 계획에서 첫 번째 물망에 오른 후보자인 것 같은데, 내가 거절했으니 차선책으로 준비하시겠지."

"과연……!"

혈영이 거듭 감탄을 더하며 놀라워했다.

"두 분은 마치 다른 세계에 사시는 것 같습니다. 저는 곁에서 지켜보면서도 두 분 사이에 그런 의중이 오기는 깃을 눈곱만큼도 파악하지 못했습니다."

무슨 말인가 싶은 표정으로 묵묵히 그들의 대화를 듣고 있던 공야무륵이 뒤늦게 이해한 듯 웃으며 끼어들었다.

"그러게 혈영 형도 애초에 나처럼 그게 어떤 식이든 주군의 처신은 당연한 것으로 인정하고 넘기면 편하잖소. 시키는 일만 하면 책임지지 않아도 되니까 편하다는 의미가 아니오. 주군의 처신이 늘 우리가 생각하는 범주 밖에 있으니 하는 말이지."

"그러게 말이오."

혈영이 대번에 수긍하며 덧붙였다.

"이제부터라도 공야 형의 현명한 판단을 따라겠소. 자꾸 필부의 도량으로 감히 주군의 흉금을 짐작하려는 욕심을 부리다보니 정말이지 머리에 쥐가 나서 안 되겠소."

공야무륵이 멋쩍은 표정으로 뒷머리를 긁적이며 저만치 전방으로 나서 있는 위지건을 쳐다보았다.

"내가 아니라 저 녀석이요. 나도 저 녀석에게 배운 거라오."

"……."

암중의 혈영이 조용히 침묵했다.

생각해 보니 다른 누구보다도 설무백의 처신에 이의를 달지 않고 무조건적으로 따르른 사람이 바로 위지건임을 깨달으며 할 말을 잊은 기색이었다.

미욱한 위지건의 행동을 두고 현명한 판단이라고 하자니 너무 모순이라는 생각이 드는 모양이었다.

그때 앞서나가던 위지건이 웃는 낯으로 손뼉을 치며 그들을 돌아보았다.

"여기네요. 이 길이 항주로 가는 지름길입니다. 헤헤……!"

위지건이 마치 길 안내를 하듯 혼자서 앞서나간 이유는 산이나 험지를 돌아서 항주로 가는 관도와 달리 거의 직선으로 이어진 지름길을 알고 있다고 해서였다.

마침 지금 그 지름길을 찾은 것인데, 듬성듬성 빠진 이를 드러내며 그들을 향해 천진난만하게 웃는 그의 모습은 정말이지 미욱하기 짝이 없어 보였다.

암중의 혈영이 작게 속삭였다.

"나는 그냥 공야 형을 따라하는 것으로 합시다."

"아, 뭐, 그거야……."

공야무륵이 무슨 말인지 이해는 하지만 정말 그래도 되는 건지는 잘 모르겠다는 듯 슬쩍 설무백의 눈치를 보았다.

설무백은 공야무륵과 암중의 혈영을 향해 끌끌 혀를 차고는 위지건에게 주의를 주었다.

"입!"

"입!"

위지건이 즉시 복명복창하며 예의 정색한 얼굴로 돌아가서 근엄한 자세를 취하며 비스듬한 산비탈을 타고 올라가는 숲길을 가리켰다.

설무백은 숲길을 살펴보았다.

비스듬하게 시작된 소로가 그리 멀리 떨어지지 않은 거리부터 가파르게 변하고 있었다.

말을 끌고 가기도 어려워 보이는 산길이었다.

"저기가 지름길?"

"옙."

"시간을 얼마나 단축할 수 있지?"

"서두르면 반나절 정도는 단축할 수 있습니다."

"여기서 그냥 관도를 타고 가면 항주까지 가는데 하루 반나절 정도 걸리지. 굳이 서두르지 않고 그냥 달리기만 해도 말이야. 근데, 여기서 말을 버리고 저 지름길로 서둘러서 달려가면 하루 만에 항주에 도착할 수 있다는 거지 지금?"

"옙."

힘주어 대답하는 위지건은 질문의 요지를 전혀 이해하지 못하는 표정이었다.

설무백은 노골적으로 다시 물었다.

"그럼 그냥 여기서 관도를 타고 서둘러 달려가면 항주까지 얼마나 걸릴까?"

"……서두르면 하루 정도 걸리지 않을까요?"

"그런데 저기가 지름길이냐?"

아무것도 모르는 표정으로 천연덕스럽게 설무백을 쳐다보

던 위지건이 이제야 깨달은 듯 삐질삐질 땀을 흘리며 어색하게 웃었다.

"하하……! 그게 그러네요. 서두르니 시간이 같네요. 하하하……!"

"입!"

"입!"

설무백은 위지건을 부동자세로 굳혀 놓고 슬쩍 암중의 혈영을 향해 한마디 했다.

"아무래도 그렇게 생각하는 게 낫겠네."

그리고 관도를 향해 박차를 가했다.

"서두르자! 지름길을 찾느라 낭비한 시간을 보충해야 한다! 안 그러고 자칫 하루를 넘겨서 항주에 도착하면 저 녀석이 영영 저 산길을 지름길로 알 테니까!"

다행히 그런 일은 벌어지지 않았다.

정말이지 그 꼴은 보기 싫은 설무백이 쉬지 않고 발길을 재촉해서 그렇게 만들었다.

설무백 일행은 정확히 하루가 지난 다음 날 저녁, 땅거미가 사라진 유시(酉時 : 오후5~7시)를 넘기지 않은 시점에 항주로 입성할 수 있었다.

덕분에 석자문이 준비해 준 튼실한 말은 석자문이 알려 준 항주의 모처에 도착하자마자 쓰러졌고, 경신술로 따라온 혈영과 사도도 완전히 녹초가 되어서 주저앉았다.

그러나 휴식의 시간은 없었다.

석자문이 알려 준 항주의 모처, 정확히는 북문 안쪽에 펼쳐진 빈민가의 초입에 자리한 반점에는 하오문의 십이재 중 하나인 중년의 사내, 시천(時竁)이 그들을 기다리고 있었다.

그 시천은 쓰러진 말들을 쳐다보지도 않고 자신의 신분을 밝히기 무섭게 설무백의 소매를 잡아끌며 재촉했다.

"……지금 즉시 가 보셔야겠습니다! 어느새 입소문을 탔는지 외지인들이 잔뜩 몰려들어서 벌써부터 분위기가 예사롭지 않습니다!"

하오문의 중추에 속하는 십이재들은 이미 설무백에 대해서 익히 잘 알고 있었다.

일청도인과 아삼, 이랑을 제외하면 설무백을 직접 만나 본 사람들은 없지만, 진즉에 화폭을 통해서 모두에게 설무백의 신상이 전해진 상태였다.

십이재의 일원인 시천이 첫눈에 그를 알아본 이유가 거기에 있었는데, 아무리 그래도 처음 대면한 설무백에게 딸랑 자신의 신분만 밝히며 막무가내로 서두르는 시천의 태도가 공야무륵 등의 눈에 곱게 보일 리 없었다.

그러나 설무백은 은연중에 눈치를 줘서 그들의 막고 묵묵히 시천을 따라나섰다.

석자문이 일러 주길 무공이라는 측면에서는 구룡자가 십이재를 앞설지 몰라도 순수하게 관리와 통솔이라는 측면만 놓고 보면 십이재가 구룡자를 앞선다고 했다.

석자문은 당연하게도 그건 어쩔 수 없는 연륜의 차이라고 부연했는데, 그런 십이재의 일원인 시천이 이처럼 막무가내로 서두른다면 마땅히 그만한 이유가 있을 것이라는 게 설무백의 판단이었다.

그리고 그의 판단은 정확했다.

시천의 뒤를 따라서 도착한 장소는 항주성의 서쪽에 있는 서호(西湖)변이었다.

청산이 병풍처럼 둘러선 가운데, 물이 어찌나 맑은지 호반(湖畔)을 따라 이어진 등불만으로도 십여 장이나 되는 밑바닥이 환히 들여다보이고, 그 위에서 한가롭게 노니는 수많은 놀잇배들이 가히 풍요로운 항주의 풍광을 표현해 주는 그곳에 전혀 어울리지 않게도 삭막한 기운이 흐르고 있었다.

서호의 운치를 더해 주며 줄지어 늘어선 누각과 정자들 사이에 자리 잡은 하나의 전각이 주범이었다.

나름 휘황한 등불로 치장한 것으로 봐서 주루인 것으로 보이는 그 전각에서 풍기는 삭막한 기운이 운치로 넘쳐나는 호반의 분위기를 그렇게 망쳐 놓고 있었다.

"저긴가?"

설무백이 문제의 전각을 훑어보며 묻자, 시천이 과연 명불허전이라는 눈빛으로 쳐다봤다.

사람들로 북적거리는 거리에 서서 저 멀리 수많은 건물들

속에 파묻힌 문제의 전각을 대번에 간파한 설무백의 능력에
놀라서 말문이 막힌 표정이었다.

공야무륵이 그런 시천의 옆구리를 찌르며 눈치를 주었다.

시천이 흠칫 정신을 차리며 서둘러 대답했다.

"아, 예, 맞습니다. 저기가 호경루(湖鏡樓)라고, 원래 이 근방
의 여타 업소들과 마찬가지로 그저 그런 주루인데, 어제 갑자
기 그들이 투숙하는 바람에 보다시피 이렇게……!"

그들은 바로 해남검파의 일월비천검 반천양과 사상쾌도
적사연을 일컫는 말이었다.

주변의 눈치가 보여서 그들의 이름을 직접 언급하지 않고
잠시 말꼬리를 흐린 시천이 콩나물시루처럼 사람들로 북적
거리는 거리와 주변의 요소요소에 터를 잡은 무리를 슬쩍슬
쩍 눈짓으로 알려 주며 설명을 추가했다.

"남북대전이 소강상태로 접어든 다음부터 제법 사람들이
몰리긴 했습니다만, 이 정도는 아니었습니다. 아시겠지만 다
들 향락객들이 아니라 한가락 숨긴 무림인들입니다. 그들이
중원으로 들어선 예가 없는 것도 아니고, 이건 정말 실로 괴
이한 상황이 아닐 수 없습니다."

설무백은 호경루로 향하던 발걸음을 멈추고 느긋하게 주
변의 동정을 살피며 물었다.

"그들이 아직 저기 있는 거 확실하지?"

시천이 힘주어 대답했다.

"예, 확실합니다. 그리고 오늘 점심나절과 초저녁에 몇몇 남맹의 요인들도 들어간 것으로 압니다."

설무백은 절로 고개를 갸웃했다.

"남맹의 요인들까지?"

시천이 무언가 설명을 추가하려는 듯 입을 여는데, 문득 사도의 목소리가 들려왔다.

"외람되나 수하가 짐작한 바를 말해도 되겠습니까?"

설무백은 기꺼이 승낙했다.

"얼마든지."

사도가 말했다.

"아무리 봐도 이건 누군가 고의로 그들의 목적이 그녀에게 있음을 소문낸 것이 아닌가 합니다."

설무백의 눈빛이 반짝였다.

사도가 말하는 그녀가 다름 아닌 검후를 지칭하는 말임을 알고 있었기 때문이다.

"누가?"

"당연히 그녀일 겁니다."

설무백은 절로 황당한 표정을 지었다.

그로서는 이해하기 어려운 말이었다.

"그렇게 생각하는 이유는?"

사도가 대답했다.

"이건 저와 같은 부류가, 그러니까 예전의 저처럼 살수나 도

부수가 직업인 애들이 가끔 쓰는 방법과 일치합니다. 사실에 근거해서 소문을 퍼트린 다음, 사람들의 이목이 집중되었을 때, 정작 전혀 엉뚱한 곳에서 표적을 제거하는 고도의 기만술이지요."

설무백은 대번에 사도의 말을 이해하며 눈을 빛냈다.

기실 누군가 고의로 소문을 내지 않아도 그녀, 검후의 행적은 이미 적잖게 노출되어 있는 마당이라 그녀가 고의로 저들과의 만남을 소문내서 세간의 이목을 한곳에 모으고 정작 비무 장소를 바꾼다는 역발상의 기만술이 매우 절묘하게 느껴졌다.

그는 반사적으로 시천을 보았다.

시천이 눈치 빠르게 상황을 파악하며 말했다.

"즉시 제자들을 총동원해서 사람들이 모이기 어렵게 은밀하면서도 비무하기에 적당한 장소가 어디어디에 있는지 알아보도록 하겠습니다!"

설무백은 사도에게 지시했다.

"사도가 지원해."

"옙!"

시천이 서둘러 자리를 떠나고, 사도가 암중에서 은밀히 그 뒤를 따라갔다.

설무백은 그제야 빙그레 웃으며 성큼 호경루를 향해 나아갔다.

"남맹의 요인들도 왔다는데, 과연 해남검파의 고수들이 그들의 이목을 어떻게 피하는지 구경이나 해 볼까나?"

⚜

서호 주변에서 흔한 업소에 불과하다는 호경루는 와자지껄한 소음과 코를 찌르다 못해 눈이 쓰라릴 정도의 기름과 술, 음식 냄새, 그리고 그걸 먹고 마시는 취객들의 땀 냄새로 가득한 전형적인 명승지의 주루였다.

거대한 전각의 내부를 통째 하나의 공간으로 꾸민 객청(客廳)은 연무장으로 사용해도 좋을 만큼 넓었고, 벽이나 칸막이 대신 군데군데 화분을 배치해서 최대한의 탁자와 의자를 확보했음에도 불구하고 거의 빈자리가 없을 정도로 사람들이 꽉 들어차서 가히 시장 통을 방불케 하는 모습이었다.

그러나 설무백은 안으로 들어서자마자 그처럼 어지럽게 북적거리는 객청의 분위기 속에서도 일관되게 흐르는 하나의 기운을 감지했다.

시끄럽게 먹고 마시며 떠드는 객청의 모든 사람들이 알게 모르게 한 방향에 관심을 두고 있었다.

객청의 우측 끝, 술과 음식이 나오는 주방을 끼고 손님을 맞이하는 또 하나의 공간이 바로 그들의 관심사였다.

벽으로 자리했던 서너 개의 미닫이문을 활짝 열어서 드러난 그 공간은 옥내를 벗어나서 긴종 등불로 화려하게 치장된 소호의 야경을 구경하며 술과 음식을 즐길 수 있는 야외 객청이었는데, 소위 눈에 띄는 고수들이 전부 다 그쪽에 몰려 앉아 있었다.

고수들이 그쪽을 차지한 이유는 단지 소호의 야경을 볼 수 있어서가 아니었다.

그들이 차지한 야외 객청의 한쪽 편에는 그림처럼 세워진 작은 전각이 하나 있었다.

바로 호경루의 별채였다.

해남검파의 두 고수, 일월비천검 반천양과 사상쾌도 적사연이 거기 별채에 머물고 있었다.

그와 같은 호경루의 내부를 확인한 설무백은 실로 고소를 금치 못했다.

반천양 등의 입장이 흥미롭다 못해 재미있었다.

애초에 검후와 함께한 계획이라면 사전에 모든 준비를 끝냈을 테니 태연할 테지만, 중도에 그녀의 계획을 전해 들었다면 지금쯤 여길 빠져나갈 생각에 머리에 쥐가 나고 있을 반천양 등의 모습이 눈에 선해서였다.

그때 설무백의 귓가로 느닷없이 혈영의 전음이 들려왔다.

-그녀입니다, 주군!

설무백은 무슨 말인지 몰라서 미간을 찌푸리다가 이내 깨달으며 눈을 멀뚱거렸다.

야외 객청의 한쪽에 자리한 탁자의 무리 속에 낯익은 얼굴의 여인 하나가 앉아 있었다.

놀랍게도 그녀는 바로 남궁유화였다.

상당히 곤혹스럽게 느껴지는 혈영의 전음이 거듭 그의 귓속을 파고들었다.

─동석한 여인은 그녀의 자매인 남맹의 총사 남궁유아입니다. 그 옆에 앉은 학창의의 사내와 홍의 무복의 여인은 남궁가의 가신이자 남궁유아의 충복인 청수와 홍매이고 말입니다. 게다가 이쪽저쪽, 하다못해 암중에 모습을 감춘 고수들도 즐비합니다. 그야말로 용담호굴(龍潭虎窟)인데, 이대로 괜찮으시겠습니까?

괜찮지 않아도 어쩔 수 없었다.

혈영의 전음을 듣는 사이에 설무백은 이미 남궁유화와 시선을 마주쳐 버렸다.

놀라서 뚫어지게 바라보는 그녀로 인해 그녀와 마주앉은 남궁유아도 이채로운 눈길로 그를 돌아보고 있었다.

그뿐이 아니었다.

별채의 앞마당 격인 야외 객청에는 남궁유화 말고도 그를 알아보는 사람이 또 있었다.

지난날 풍잔을 정탐하던 남개방의 후개인 소선풍 소붕이 거기 구석진 자리에 앉아서 닭다리를 뜯고 있다가 그와 시선을 마주친 것이다.

소붕이 놀란 듯 게걸스럽게 먹고 있던 닭다리를 놓치며 눈을 끔뻑거렸다. 그 바람에 그와 동석한 노인 하나가 덩달아 고개를 돌려서 그를 쳐다보았다.

설무백은 적잖게 난감했다.

공야무륵이 혈영과 마찬가지로 장내에 있는 낯익은 얼굴들을 모두 확인한 듯 그 순간에 그의 눈치를 보며 말했다.

"여차하면 여기 있는 애들 모두가 도부수로 변하겠는걸요."

"그럴 것 같네."

누가 뭐래도 여긴 남맹의 영역이고, 그들은 비록 북련의 소속은 아니나 엄연히 적으로 간주될 수 있는 불청객이다.

여차하면 지금 장내에 있는 자들 모두가 그들을 향해 칼을 겨눌 수도 있는 것이다.

설무백은 실로 괜히 들어왔다는 생각이 들어서 절로 한숨이 나왔으나, 다른 도리가 없었다.

이미 호랑이 등에 탄 형국이었다.

마침 점소이 하나가 쪼르르 달려와서 안내했다.

"어느 쪽으로 모실까요, 손님?"

안쪽 객청에도, 야외 객청에도 각기 군데군데 서너 개의 자리가 비어져 있었다.

설무백은 내침 김에 그냥 야외 객청으로 나섰다.

"저쪽으로."

"예예, 모시겠습니다. 이쪽으로……!"

싹싹하게 굽실거리며 나선 점소이가 야외 객청의 빈자리로 설무백 등을 안내했다.

야외 객청에 늘어선 이십여 개의 탁자 중에서 하필이면 남궁유화 일행과 고작 탁자 하나를 두고 떨어진 자리였다.

설무백은 못내 거북했으나, 애써 내색을 삼가며 술과 몇 가지 요리를 시켰다.

와중에 놀란 도끼처럼 바라보는 소선풍 소붕에게 남몰래 조심하라는 경고의 눈짓을 날리면서였다.

소붕이 순순히 그를 외면했고, 남궁유화도 애써 그를 모르는 척하는 기색이었다.

다행히 그들이 알은척하지 않은 덕분에 그들에 대한 장내의 관심이 커지지 않고 조용히 사그라졌다.

누군지도 모르고, 무언가 있어 보이기도 했지만, 그저 검후의 비무를 구경하려고 몰려든 장내의 여타 무인들과 같은 취급을 해 버리는 것 같았다.

이해할 수 있는 반응이었다.

지금 장내에는 정체가 불분명한 그들보다도 더 신경을 써야 하는 고수들이 즐비하게 깔려 있었다.

설무백은 못내 안도하며 우선 간단한 술과 요리를 주문했다.

일행 중에서 가장 강호사에 해박한 사도가 그의 주문이 끝나기 무섭게 전음으로 장내에서 요주의 인물들을 하나하나 그의 귓가에 나열했다.

혈영이 앞서 언질해 준 남맹의 남궁유아 등을 필두로 소선풍 소붕을 위시한 북개방의 걸개들, 점창신검(點蒼神劍) 정붕(鄭鵬)과 그 사제들, 호남의 검호(劍豪)로 추앙받는 소양검객(少陽劍客) 상필(常筆), 복건제일도(福建第一刀)의 자리를 놓고 싸운다는 복건사도(福建四刀) 중 두 고수인 귀명도(鬼銘刀) 하후연곡(夏侯輦轂)과 구현사도(九玄死刀) 맹과(孟誇), 그리고 청운비도(靑雲飛刀), 창천일검(蒼天一劍), 대선초자(大線樵子), 팔귀창(八鬼槍), 백사륜(白死輪) 등등, 상대적으로 강호의 명성은 떨어지나 그래도 무시할 수 없는 자들의 이름과 내력을 세세하게 알려 주었다.

설무백은 그와 같은 사도의 설명을 들으며 별채의 동정을 살폈다.

그의 자리는 별채와 십여 장가량 떨어져 있었으나, 사람의 기척이 아니라 개미 새끼의 움직임이라도 그 정도 거리는 얼마든지 무시하고 살필 수 있는 고수가 그였다.

'두 사람!'

해남검파의 고수들, 일월비천검 반천양과 사상쾌도 적사연이 분명했다.

두 사람 모두 일반 검법의 상궤(常軌)를 어긋나서 잔인하고 음독한 나머지 편벽지공(偏僻之功)으로까지 내몰리는 해남검파 특유의 신랄한 살기를 내포한 기도의 소유자들이었다.

'아무려나, 대체 여기를 어떻게 빠져나겠다는 거지?'

설령 사도의 예측이 틀렸다고 하더라도 여기 이곳에서 검후의 비무가 벌어지는 일은 절대 있을 수 없었다.

검후가 이렇게 많은 무림인들 앞에서, 그야말로 공식적으로 나서서 비무를 하는 경우는 전대미문의 일이었다.

설무백이 도무지 모르겠어서 골머리를 싸맸다.

그때, 장내의 고수들을 설명하던 사도의 전음이 갑자기 뚝 끊어졌다.

이유가 있었다.

저 만치 멀리 떨어진 탁자에 앉아 있던 흑의사내 하나가 문득 일어나더니, 보란 듯이 성큼성큼 그들의 탁자로 다가와서 그의 곁에 털썩 앉았다.

설무백은 얼떨떨한 기분으로 흑의사내를 바라보았다.

흑의사내가 대뜸 상체를 숙인 채 탁자에 올린 한손으로 턱을 괴고 그를 직시하며 사내처럼 씩 웃었다.

"맞지? 너지?"

"……!"

설무백은 다가올 때까지도 흑의사내가 누군지 몰랐으나, 옆에 앉아서 턱을 괴고 얼굴을 들이밀자 알아볼 수 있었다.

어이없게도 흑의사내는 남장을 한 여자였고, 바로 흑도의 꽃이라는 흑선궁의 비접 부약운이었다.

설무백은 애써 내색을 삼가며 사뭇 냉랭하게 말했다.

"예의가 없는 사람이군."

남장 여자, 비첩 부약운은 그의 말을 듣지 않고 곁에 앉은 공야무륵과 위지건을 훑어보며 물었다.

"오늘은 그 버릇없는 년과 같이 안 온 모양이네?"

대력귀를 두고 하는 말이 분명했다.

설무백은 조용히 화를 냈다.

"귀하가 누군지 모르겠으나, 나는 함부로 남의 자리에 와서 방해를 하는 사람과 대화를 나누고 싶은 생각이 전혀 없으니 어서 자리를 비켜 주시오."

"쓰으......!"

부약운이 기분 나쁘다는 듯 혓소리를 내고는 눈동자를 이리저리 굴려서 주변을 가리키며 조용히 협박했다.

"그러지 말지? 지금 내가 한마디만 소리치면 여기 있는 모든 사람들이 저 안에 있는 해남검과 애들보다 당신에게 더 관심을 보일 텐데, 그래도 괜찮겠어?"

설무백은 약간 당황스럽기도 했으나, 화가 나기보다는 귀엽다는 생각이 들었다.

지난날 배를 타고 장강을 건너다가 호남제일검으로 불리는 비검 서문하 등과 우연찮게 만났을 때의 그녀가 떠올라서 더욱 그랬다.

난간 아래 그늘에 거머리처럼 붙어서 숨어 있는 주제에 눈을 부라리며 그를 협박하던 그녀의 성정이 오늘도 여실히 드러나고 있지 않은가.

돌이켜 보면 그는 그 시점 이후에 깨어 있는 부약운을 만나 본 적이 없었다.

그는 잠시 그녀를 상대해 주기로 마음먹었다.

그녀의 협박이 겁나서가 아니라 무림에서 제법 명성을 떨치는 여고수인 주제에 규중심처에서 세상 물정 모르고 자라서 평생 남을 부리는 것만 익숙한 여인네처럼 행동하는 그녀의 태도가 매우 재미있었다.

"그럼 곤란하지."

그는 못내 당황한 기색을 가장하며 재우쳐 물었다.

"그러지 말고 한 번 눈 감아 줘라. 전에 내가 한 번 도와준 적도 있잖아."

"그래, 그랬지."

부약운이 기다렸다는 듯이 말을 받으며 대뜸 얼굴을 설무백에게 들이댔다.

설무백은 흠칫 물러났지만, 그녀는 더욱 가까이 얼굴을 들이밀며 소곤거렸다.

"그래서 이렇게 큰 소리 내지 않고 조용히 온 거야. 고맙게 생각해."

설무백은 내심 고소를 금치 못했다.

장내의 모두가 이미 알게 모르게 그들을, 정확히는 그를 주시하고 있었다.

장내의 인물들은 벌써부터 남장을 하고 있는 그녀의 정체를 파악했다는 방증이었다.

흑도의 꽃이라는 비접 부약운이 관심을 가지는 무리에게 관심을 보이지 않을 사람은 천하에 드물 것이다.

"그래, 고맙다. 그래도 이 자리에 오지 않았으면 더욱 고마웠을 텐데, 조금 아쉽네."

부약운이 설무백의 말이 무슨 의미를 담은 넋두리인지 알지만 그건 내 알 바 아니라는 듯 손을 내저으며 말했다.

"내가 그 정도 세심한 성격은 못되니 그건 그냥 넘어가고, 몇 가지만 묻자."

그녀는 히죽 웃으며 덧붙여 제안했다.

"성심성의껏 대답해 주면 조용히 꺼져 줄게."

설무백은 앞서 갑자기 얼굴을 들이미는 그녀에게 당황해서 뒤로 뺐던 얼굴을 앞으로 내밀며 손가락을 까닥였다.

부약운이 아까처럼 얼굴을 가져왔다.

이제 두 사람은 이마를 맞대는 자세가 되었다.

그 상태로, 설무백은 물었다.

"몇 가지가 정확히 몇 가지야?"

"딱 세 가지만!"

"좋아. 대신 나도 하나만 부탁하자."

"지금 그쪽이 내게 무슨 조건을 붙일 처지가 아니라고 생각되지만, 뭐 좋아. 내가 양보하지. 뭔데?"

설무백은 대답을 뒤로 미룬 채 부약운과 달라붙듯이 마주한 이마를 때고 옆을 바라보았다.

가까이 다가서는 인기척이 느껴진 까닭이었는데, 과연 그의 느낌이 옳았다.

건장한 체구에 귀티 나는 풍모의 세 사내가 그들의 탁자로 다가오고 있었다.

세 사내는 대뜸.

"거 보게, 맞지 않는가."

"과연 자네 말이 맞았군그래."

자기들끼리 말을 주고받으며 뻔한 수작을 부리더니, 그중 하나가 설무백의 시선을 피해서 부약운을 향해 웃는 낯으로 공수하며 말을 건넸다.

"긴가민가했는데, 흑선궁의 부 소저가 맞구려. 반갑소, 부 소저. 이전 남맹의 모임에서 얼굴을 뵙고도 제대로 인사를 못해서 매우 신경이 쓰였는데, 이런 곳에서 다시 만나게 되다니 기쁘기 한량없소이다. 실례가 되지 않는다면 우리가 합석해도 되겠소?"

무림세가武林勢家 (2)

부약운의 얼굴이 묘하게 변했다.

사내의 제안을 반기는 것도, 무시하는 것도 아니고, 귀찮아하거나 화를 내는 것도 아닌 오묘한 표정.

마치 개구쟁이가 흥미로운 장난감을 발견한 것 같은 기색이었다.

그 상태로, 그녀는 슬쩍 설무백의 눈치를 보며 대답했다.

"그랬나요? 몰랐네요. 그런데 이걸 어쩌죠? 여긴 여기 이분이 마련한 자리라 제가 마음대로 자리를 내줄 수 없거든요."

이건 단호한 거절이 아니었다.

아니, 굳이 친절하게 자리의 주인인 설무백까지 알려 주는 것은 오히려 여지를 주는 것에 가까웠다.

사내는 눈치 빠르게 그걸 간파했다.

"아, 그런가요? 그럼 자리 주인에게 허락을 받아야겠군요."

사내가 넉살좋게 웃으며 대꾸하고는 보란 듯이 설무백을 향해 돌아서서 공수했다.

"처음 뵙겠소, 형장(兄丈). 아는지 모르겠으나, 본인은 구양수(歐陽秀)라고 하고, 이쪽 친구들은 벽사검룡(闢邪劍龍) 과무기(課武技), 과 형과 독이수룡(獨耳秀龍) 장손무길(長孫茂吉), 장손 형이오."

의외의 거물들이었다.

강남무림 세가의 양대 무가로 알려진 구양세가(歐陽世家)의 차남인 쌍비용자(雙匕龍子) 구양수야 타고난 가문의 후광이라 치부해도, 벽사검룡 과무기는 강남 사대 흑도의 하나인 생사천의 주인이기 이전에 무림 사마의 하나인 팔황신마 냉유성의 제자이고, 독이수룡 장손무길 역시 강남사대 흑도의 하나인 쾌활림의 주인임과 동시에 비록 무림 사마의 아래라는 무림오왕(武林五王)의 하나지만, 실질적인 무력은 사마와 비등하거나 오히려 압도할 것이라고 알려진 암왕 사도진악의 제자였다.

하나같이 강남무림의 중핵을 이루는 문파와 절대 고수의 후예들이었다.

설무백은 이채로운 눈빛으로 그들을 둘러보았다.

관심이 가는 자들이었다.

이들 세 사내가 일전에 우연찮게 그와 조우한 신마루의 귀수공자 담각과 어울려서 흑도 사공자로 불린다는 것을 알기에 더욱 관심이 갔다.

특히 그의 잊을 수 없는 전생의 복수와 얽혀 있다는 측면에서 암왕 사도진악의 제자인 독이수룡 장손무길의 존재는 그에게 참으로 남다른 기분을 주었다.

그러나 뻔히 눈에 보이는 수작을 부리는 그들과 얽히고 싶지는 않았다.

적어도 지금은 그랬다.

"그래서요?"

구양수가 시큰둥한 설무백의 반문에 당황한 듯 멋쩍은 미소를 보이며 말했다.

"동석해도 될까 해서 말이오. 괜찮겠소?"

설무백은 무심하게 고개를 저었다.

"미안하지만 사양하겠소. 본인이 본디 모르는 사람과 마주앉아서 대화를 나눌 정도로 호방한 성정이 아니라서 말이오."

구양수의 안색이 볼썽사납게 일그러졌다.

거절당하리라고는 꿈에도 생각하지 못한 사람의 표정이었다.

보통의 경우였다면 분하고 억울해서 속이 시커멓게 타들어가도 그냥 물러났을 그였다.

지금 장내에는 적잖은 눈들이 그를 주시하고 있었고, 그는 자신을 주시하는 그 눈들이 보통의 눈들이 아님을 익히 잘 알고 있었으니까.

그런데 그럼에도 불구하고 그는 그냥 물러나지 못했다.

그럴 줄 알았다는 키득거리며 쳐다보는 부약운의 태도가 그의 자존심에 불을 질렀기 때문이다.

"모르는 사람……?"

구양수는 절로 굳어진 얼굴과 차갑게 변한 눈빛으로 설무백을 노려보며 말꼬리를 잡았다.

"정말 내가 누군지 모른다는 건가?"

"모르오."

"이 친구들은? 여기 이 팔황신마 냉유성 어른의 제자인 벽사검룡 과무기와 암왕 사도진악 어른의 제자인 독이수룡 장손무길이 누군지도 모르나?"

설무백은 삐딱하게 구양수를 쳐다보며 시큰둥하게 반문했다.

"내가 그걸 알아야 하는 거요?"

구양수가 지그시 어금니를 악물었다.

말문이 막히며 분노가 높아진 표정이었다.

따지고 보면 틀린 반문이 아니다.

십팔만 리에 달한다는 중원이니 얼마나 많은 사람들이 살고 있을 것인가.

제아무리 명성이 높아도 아는 사람보다 모르는 사람이 더 많은 것이 중원이고, 강호무림이다.

사천이니 하북이니 하며 세부적인 지역으로 나눌 것도 없이, 강북의 고수는 강남의 고수를 제대로 모르고, 강남의 고수가 강북에서는 졸자만큼도 알아보는 사람이 적은 것이 당연한 일인 것이다.

하물며 강호무림에서는 정체가 드러나지 않으면 매우 유리한 법이기도 한데, 결론적으로 말해서 그와 같은 모든 것도 다 때와 장소를 가리는 법이다.

결론적으로 말해서 구양수 정도의 배경과 실력을 가진 고수가 되고 보면 남들이 알아보는 것보다 알아보지 못하는 것을 두려워하는 경우가 더 흔하다는 얘기다.

남들이 알아본다는 것, 그 정도로 유명하다는 것 자체가 그 사람의 위상을 드러내는 일이기 때문이다.

구양수는 그래서 더욱 감정을 제어하지 못했다.

설무백이 그들을 알아야 할 이유가 없다는 것을 뻔히 알면서도 그대로 물러나지 않고 핏대를 세웠다.

"그럼 나도, 이 구양세가의 차남인 쌍비용자 구양수가 누군지도 모른다는 건가?"

설무백은 웃었다. 당연하게도 비웃음이었다.

"귀티 나고 영리하게 생긴 분이 자꾸 같은 말을 하게 하네. 대체 내가 댁이 누군지 알아야 될 이유가 뭐요?"

구양수의 눈빛이 냉정하게 가라앉았다.

너무 뜨거우면 오히려 차갑게 느껴진다는 식으로, 극도의 분노가 오히려 그의 감정을 냉정하게 식혀 준 것 같았다.

하지만 분노는 여전해서 그는 싸늘하게 따지고 들었다.

"그래, 뭐 그럴 수 있지. 그런데 귀하는 누군가? 나를 비롯한 우리 사공자가 전부 다 눈에 차지 않는 사람이니, 아마도 엄청나게 대단한 신분을 가진 사람일 테지?"

설무백은 정말 귀찮다는 듯 한숨을 내쉬며 타이르듯 말했다.

"이봐, 구양세가의 둘째라는 구양수. 시비를 걸고 싶은 마음은 이해하는데, 그렇다고 이리 마구 억지를 부리면 쓰나?"

"억지? 내 신분을 밝혔으니 귀하의 신분도 밝히라는 건데, 대체 뭐가 억지라는 거지?"

"내가 당신 신분을 요구한 게 아니라 당신이 내게 와서 굳이 신분을 밝힌 거잖아. 그런데 나는 당신에게 굳이 신분을 밝히고 싶지 않거든. 그러니 억지지. 밝히기 싫은데 밝히라고 악을 쓰고 있으니까. 안 그래?"

구양수가 새삼 말문이 막힌 듯 입을 다문 채 지그시 입술을 깨물었다.

그때 내내 침묵한 채 두 사람의 실랑이를 지켜보고만 있던 두 사내 중 하나, 벽사검룡 과무기가 불쑥 끼어들었다.

"물론 우리가 신분을 밝혔다고 형 씨도 신분을 밝혀야 한다는 법은 없으니, 강요하면 실례고, 억지가 맞소. 하지만 이 마당에 굳이 신분을 감출 이유도 없지 않소?"

설무백은 슬쩍 과무기를 바라보았다.

같이 잘생기고 귀티 나는 얼굴이라도 구양수와 과무기의 그것은 조금 달랐다.

과무기에게서는 구양수에게 없는 무게가 느껴졌다.

어쩌면 선입견일지도 모른다.

남궁세가와 더불어 강남무림의 양대 무가로 알려진 구양세가의 차남이라지만, 정말 삼류의 인물이 구양수였다.

형이자 장남인 십전옥룡(十全玉龍) 구양일산(歐陽日傘)과 달리 실력도 형편없는데다가 성미마저 고약하기 이를 데 없어서 늘 가문을 욕되게 하는 자라는 평판이 세간에 자자했기 때문이다.

그와 달리 상대적으로 지금 나선 과무기는 비록 팔황신마의 둘째 제자이긴 하나, 첫째 제자인 제염검(制炎劍) 독고인(獨孤燐)과 더불어 생사천을 이끌 쌍두마차로 정평 난 인물이었다.

그리고 실제로 생사천의 미래가 그렇게 돌아간다는 것을 그는 익히 잘 알고 있었다.

'팔황신마의 독문절기인 화령신공은 오히려 이 친구가 독고인을 압도했지 아마?'

설무백은 어쩔 수 없이 찾아든 전생의 기억 때문에 조금 호기심이 일기는 했으나, 그게 그들을 상대하는 귀찮음을 넘어서지는 못했다.

그는 노골적으로 삐딱하게 과무기를 쳐다보며 물었다.

"내가 궁금한 건 이거요. 이 마당이 대체 이떤 마딩이라는 거요?"

구양수의 얼굴이 흉흉하게 변하고, 시종일관 참는 기색이던 또 한 사내, 독이수룡 장손무길의 눈빛에도 싸늘한 적개심이 드리워지고 있었다.

과무기는 그들과 달리 표정이나 눈빛에서 전혀 흥분한 빛을 보이지 않았다.

대신 계면쩍게 웃는 낯으로 나서서 은연중에 그들, 두 사람의 살기를 누르고는 슬쩍 주변을 둘러보며 대답했다.

"보다시피 우리들 모두가 다른 사람들 앞에서 광대가 된 마당이지요."

설무백은 과무기를 따라서 주변을 둘러보았다.

과연 과무기의 말마따나 객청의 모든 사람들이 흥미진진한 눈초리로 그들을 주시하고 있었다.

그와 눈이 마주친 개방의 후가 소선풍이 재빨리 딴청을 부리고, 남궁유아 등과 함께 앉아 있는 남궁유화가 콧방귀를 뀌는 모습으로 냉소를 날렸다.

'앙심이 남았나⋯⋯?'

못내 쓴 웃음을 지은 설무백이 속으로 투덜거리는 참인데, 과무기가 한마디 덧붙였다.

"자리 주인과 실랑이를 벌인 주제에 어찌 자리에 끼겠다고 우길 수 있겠소. 통성명이나 하고 끝내는 것으로 합시다. 형

씨가 누군지만 밝히면 우린 그냥 조용히 자리로 돌아가겠소."

설무백은 누군지만 밝히면 그냥 조용히 물러가겠다는 말
에 실린 무게를 예민하게 느끼며 절로 특유의 미온한 미소를
흘렸다.

참으로 오랜만에 들어보는 묵직한 위협이었다.

그는 과무기에 대한 자신의 평가가 틀리지 않았다는 점에
은근히 기뻐하며 말했다.

"그럽시다, 그럼. 나는 강호 초출의 무명 소졸인 설 아무개
라는 사람이오. 만나서 반가웠소."

과무기의 안색이 돌변했다.

아무개라는 것은 이름이 공개되지 않은 사람을 지칭할 때
쓰기도 하지만, 이름을 알 수 없거나, 알 수 없게 하기 위해서
도 쓰는 용어이다.

지금 설무백은 과무기의 위협을 노골적으로 무시해 버린
것인데, 그는 거기서 그치지 않고 급격히 굳어지는 과무기의
얼굴을 직시하며 말을 덧붙였다.

"통성명도 서로가 원해야 하오. 한 사람이 일방적으로 요
구하는 건 협박이니까. 기억해 두시오."

과무기의 눈빛이 싸늘해졌다.

설무백의 한 수 가르쳐 준다는 식의 말투에 완전히 기분이
상해 버린 모양이었다.

장손무길의 눈빛에 드리워졌던 적개심이 서서히 살기로 변

해 갔다.

진작부터 분기탱천한 모습이던 구양수가 이때다 싶었는지 이를 갈며 나섰다.

"이런 건방진 애송이가⋯⋯!"

주변의 시선이고 뭐가 간에 더는 참을 수 없다는 기세로 칼자루를 잡는 구양수였다.

하지만 더는 참지 못하는 사람이 이쪽에도 있었다.

공야무륵이 어느새 쌍도끼를 뽑아 들고 물었다.

"죽일까요?"

설무백은 잠시 망설였다.

구양수가 다가와서 시비 아닌 시비를 건 속내는 너무도 뻔했다.

꽃을 찾아온 벌이라는 식으로 수컷의 본능도 있을 테지만, 그보다는 부약운의 배경에 대한 욕심이었다.

부약운은 남맹을 구성하는 강남칠패 중에서도 따로 쾌활림과 더불어 강호무림에서 양대 흑도의 하나로 꼽히는 흑선궁의 몇 안 되는 핵심 요인이기 이전에, 흑선궁주이자 무림 오왕의 하나인 사왕(死王) 부금도(部禁盜)의 금지옥엽이기 때문이다.

우연이라도 그녀의 마음을 얻을 수만 있다면 가문의 후광에도 불구하고 어중간한 위치를 맴도는 구양수의 위상이 단번에 강남무림의 중핵으로 떠오를 수 있는 것이다.

천외천의
주인

생각해 보면 누구라도 거부하기 어려운 유혹인 것인데, 다만 설무백의 눈에는 그래서 더욱 가소롭게 보이고 죽여도 싸다는 기분이 들었다.

전생의 아픔이 아직도 정신적인 외상으로 남아서인지는 몰라도, 사람의 마음을 이용하는 것은 그가 가장 경멸하는 짓이었다.

그러나 문제는 이것들을 처리한 다음이었다.

쓰레기를 처리하는 것은 나쁘지 않지만, 그에 대한 대가는 남맹을 적으로 돌리는 것이었다.

그건 좋지 않았다.

적어도 작금의 시기에서는 마땅히 피해야 할 일이었다.

'이것 참 골치 아프네.'

설무백은 이러지도 저러지도 못하는 찰나의 망설임 속에서 절로 오만상을 찡그렸다.

그때 돌발적으로 들려온 뾰족한 일갈이 그를 구원해 주었다.

"지금 뭐 하는 짓입니까!"

철혈의 여제라는 남맹의 총사, 남궁유아였다.

발작적으로 자리에서 일어난 그녀가 험악하게 일그러진 얼굴로 뚜벅뚜벅 그들에게 다가오며 소리치고 있었다.

"맹 차원에서 함께 나선 것은 아니나, 엄연히 맹의 허락을 받고 나선 사람들이 사사로운 감정으로 이렇듯 대책 없이 물을 흐려도 되는 겁니까!"

살기등등하던 남궁수와 살기를 드리운 장손무길이 움찔하며 물러서고, 무언가 막막해진 기색으로 굳어진 채 설무백을 노려보던 과무기도 정신을 차린 모습으로 한 발짝 물러났다.

남궁유아의 엄청난 위세, 철혈의 여제라는 별명이 괜히 붙은 것이 아니었다.

그러나 내내 죽은 듯이 잠자코 있다가 그런 그녀로 인해 벌컥 화를 내는 사람이 있었다.

"야, 네가 왜 나서? 나서도 내가 나설 거니까, 넌 그냥 찌그려져 있어!"

부약운이었다.

버럭 소리치며 자리에서 발딱 일어난 그녀는 성난 살쾡이처럼 남궁유아를 노려보고 있었다.

그때였다.

설무백은 감각의 그물에 넣어 둔 별채의 내부에 변화가 일어났음을 감지했다.

별채 내부에서 느껴지던 두 사람, 반천양과 적사연의 기척이 한순간 사라졌다가 나타났다.

잠시 조금 흐려졌다가 다시 선명해진 느낌이었다.

마치 촛불이 깜빡이는 것처럼 일시지간에 스치고 지나간 변화였으나, 설무백은 예민한 감각은 그것을 놓치지 않았다.

그리고 또 느껴졌다.

두 사람의 기척이 달랐다.

정확히는 기척으로 느껴지는 두 사람의 기풍이 변했다.

'다른 사람이다!'

설무백은 확신했다.

귀신이 곡할 노릇이나, 별채 안에 있던 두 사람이 한순간 다른 사람들로 바뀐 것이다.

그는 재빨리 장내를 훑어보았다.

장내의 사람들은 아무런 변화가 없었다.

별채 안의 변화를 눈치챈 사람이 하나도 없는 것 같았고, 이는 어쩌면 당연한 일이었다.

지금 장내의 모두는 더 없이 흥미진진한 눈초리로 그의 자리를 주목하고 있었다.

저마다 백도의 꽃과 흑도의 꽃으로 불리는 두 여인의 대치에 넋이 나갈 정도로 완전히 홀려 버린 것이다.

'뭐지, 이거?'

설무백은 이래저래 매우 난감했으나, 그렇다고 별채의 변화를 내색할 수는 없었다.

그럴 수 있는 상황도 아니었다.

"무슨 뜻이지, 그 말?"

부약운의 앙칼진 일갈에도 불구하고 뚜벅뚜벅 그들에게 다가선 남궁유아의 반문이었다.

여자답지 않게 무뚝뚝한 목소리였는데, 그래서 더욱 매섭게 느껴졌다.

부약운도 물러서지 않았다.

같은 남맹 소속의 문파라도 그녀는 남맹 내의 공식 직함이 없었다. 그래서 더욱 남궁유아를 편하게 대할 수 있는지도 모른다.

그녀는 보란 듯이 표독스럽게 대꾸했다.

"생각 못 하냐? 머리 없어? 나서지 말라고. 네가 나설 자리가 아니라고."

남궁유아가 못내 난감한 표정인 구양수 등을 슬쩍 일별하며 빙그레 웃었다.

"뭐야? 그러니까, 지금 내가 내 식구 챙기는데 무슨 문제가 있다는 거야?"

부약운이 지지 않고 따라 웃으며 대꾸했다.

"식구를 챙길 것 같았으면 미리 챙겼어야지. 이미 사고 다 치고 나서 챙기는 건데?"

"사고를 쳤어? 무슨 사고?"

남궁유아가 듣느니 처음이라는 듯 재우쳐 말했다.

"내 눈에는 구양 공자 등이 예상치 못한 장소에서 아는 사람을 만나서 인사나 하지고 나선 것으로 밖에는 안 보였는데, 그게 사고라는 거야, 지금?"

부약운이 가늘게 좁힌 눈가로 남궁유아를 바라보며 자못 음흉스러운 미소를 입가에 드리웠다.

"내숭을 그만 떨어. 흉물스럽다, 얘."

남궁유아가 웃는 낮으로 반박했다.

"야, 그건 내가 할 소리다. 얼굴 하나 반반한 것 빼면 어디서 듣지도 보지도 못한 그런 사내에게 늙은 여우처럼 꼬랑지를 살살 흔드는 네 꼬락서니가 더 그렇게 보였어. 정신 차려, 이것아."

정곡을 찔려서일까?

아니면 분노를 더해서일까?

부약운의 얼굴이 살짝 붉어졌다.

남궁유아가 그 모습에 고무된 표정으로 비아냥거림을 더했다.

"아, 그리고 보니 구양 공자 일행이 그래서 나선 모양이네. 그걸 보다 못해 걱정돼서 말이야."

어지간한 여자라면 이쯤에서 주저앉고 울거나 발끈해서 핏대를 세우며 화를 냈을 터였다.

눈을 부라리고 손톱을 세우며 나섰을지도 모른다.

그러나 부약운은 어지간한 여자가 아니었다.

"그런 걸 왜 저 공자들이 걱정하지?"

그녀는 어이없다는 듯 웃는 낮으로 남궁유아를 손가락질해 대며 따지고 들었다.

"너는 또 뭔데 정신을 차려라 마라 지랄이야. 내가 언놈 앞에서 꼬리를 치든, 엉덩짝을 흔들든, 가랑이를 벌리든 네가 무슨 상관인데? 왜? 너는 그러고 싶어도 그러지 못해서 분하냐?"

남궁유아도 부약운과 다르지 않았다.

감히 여자로서 입에 담기 어려운 말을 들었음에도 불구하고 아무렇지도 않게 웃으며 말을 받았다.

"그럴 리가 있냐. 난 너와 달리 자신의 부족한 면을 남자로 채우려는 여자가 아니거든."

부약운이 야릇한 미소를 지으며 비꼬았다.

"석녀(石女)라서 그런 건 아니고?"

남궁유아의 안색이 살짝 굳어졌다.

철혈의 여제라는 그녀도 이런 공격만큼은 감정이 상하지 않을 수 없는 모양이었다.

부약운이 이때다 싶은 표정으로 살살 웃으며 말을 더했다.

"아참, 남자가 어떻게 생겼는지도 모르는 애한테 내가 너무 심한 말을 했네. 미안."

남궁유아가 말꼬리를 잡았다.

"그렇구나. 너는 정말 남자를 많이 아는 모양이구나. 하긴, 몸을 그렇게 아무 데나 마구 굴리고 다니니 모를 수가 있나. 부럽다 애."

부약운이 활짝 웃으며 대꾸했다.

"왜? 궁금해? 남자에 대해 알고 싶어서 미치고 환장하겠지? 미안하지만 그래도 넌 안 돼. 석녀잖아."

다른 건 몰라도 남자를 두고 벌이는 언쟁은 남궁유아보다 부약운이 위였다.

적어도 그쪽 방면으로는 부약운이 남궁유아보다 더 뻔뻔스러웠다.

다시금 들은 석녀라는 말에 남궁유아의 안색이 한층 더 식어 버렸다.

무언가 사실 여부를 떠나서 먼저 부정하며 화를 내면 언쟁에서 지는 것이고, 만인에게 웃음거리가 되는 상황임을 인지하고 가까스로 참는 모습이나, 매우 분노한 기색이었다.

그러나 그대로 입을 다물고 있어도 언쟁에서 지는 것이었다.

남궁유아는 정말 그럴 수는 없었는지 지그시 어금니를 깨물면서도 억지로 미소를 지으며 쏘아붙였다.

"그래, 너는 좋겠다. 나야 하도 조신하게 살아서 석녀라는 소문이 난 것뿐이지만, 너는 그런 소문이 없어서 얼마든지 이놈저놈 다 찝쩍거리며 살 수 있으니. 부럽다 애. 그런 너를 너의 부모님들이 좋아할지는 모르겠지만 말이야."

부약운이 그녀와 마찬가지로 지그시 어금니를 깨물며 말했다.

"오, 이젠 가족도 건드리겠다?"

남궁유아가 이거다 싶었는지 눈을 반짝이며 대꾸했다.

"가족을 건드리다니? 아니야, 애. 난 정말 너의 부모님이 이러고 있는 너를 아시나 정말 궁금해서 그러지."

부약운이 지지 않으려는 듯 어금니를 악문 상태에서도 미소를 잃지 않으며 반박했다.

"그러는 네 부모님은 네가 석녀라는 거……!"

꽝-!

설무백은 불현듯 손바닥으로 거칠게 탁자를 쳐서 그녀들의 기 싸움을 끊었다.

처음에는 무림의 여고수니 뭐니 해도 어쩔 수 없는 여자라 결국 여자들의 싸움을 하는구나 하고 이해하며 나서지 않았으나, 이제 더는 참을 수가 없었다.

가뜩이나 유치하기 짝이 없는 방향으로 흘러가는 언쟁도 듣기 싫은데다가, 억지로 웃는 낯에 핏대를 세우고 언쟁을 벌이는 그녀들을 가만히 보자니 도무지 끝날 것 같지가 않았다.

대화가 산으로 가고 있었으나, 정작 그녀들은 전혀 인지하지 못하고 있지 않은가.

"두 분, 이렇게 합시다."

설무백은 갑작스러운 참견에 놀란 그녀들이 흠칫 입을 다문 사이에 말했다.

"나는 아직도 두 분이 왜 이렇게 싸우는지 모르겠고, 괜히 참견하고 싶지도 않으니, 그만 각자의 자리로 돌아가 주시오. 그럼……!"

그의 말이 끝나기도 전에 뒤로 물러서 있던 구양수가 한걸음 나서며 으르렁거렸다.

"네가 뭐라고 두 분께 가라 마라……!"

설무백은 순간적으로 손을 휘둘러서 구양수의 뺨을 후려갈겼다.

짝-!

경쾌한 타격음이 터지며 구양수가 얼굴이 사정없이 옆으로 돌아갔다.

구양수로서는 뻔히 보면서도 막거나 피할 수 없는 기묘한 수였다.

구양수의 입술이 터졌는지 피가 튀는 와중에 과무기와 장손무길이 본능처럼 칼자루를 잡아갔다.

설무백은 어느새 고개를 돌려서 그들에게 시선을 주며 냉담하게 경고했다.

"신중하게 생각해! 그 칼을 뽑으면 죽는다!"

천박할 정도로 직접적인 위협이었으나, 가없는 기상, 더 할 수 없는 위압감이 그의 두 눈에서 뿜어 나왔다.

누구도 무시할 수 없는 엄청난 존재감이었다.

두 사람, 과무기와 장손무길이 절로 압도당한 듯 칼자루를 잡은 채로 머뭇거렸다.

그사이.

"익!"

구양수가 각기 두 손에 하나씩의 짧고 긴 비수를, 바로 그 자신의 별호를 만들어 준 백색의 쌍비(雙匕)를 뽑아 들며 달려들었다.

설무백은 반사적으로 손을 내밀었고, 쇄도하는 비수 사이를 헤집고 들어가서 구양수의 가슴을 쳤다.

구양수로서는 이번에도 뻔히 보면서도 피할 수 없는 기묘한 수였으나, 모순적이게도 장내의 인물들은 백의 하나도 제대로 볼 수 없는 수였다.

퍽-!

둔탁한 소음이 터지고, 구양수의 신형이 저만치 떨어진 벽으로 날아가서 처박혔다가 튕겨지며 바닥에 엎어졌다.

전신을 바르르 떨며 꿈틀거리는 그의 모습은 비록 죽진 않았지만, 온전히 살아 있는 모습도 아니었다.

칼자루를 잡고 머뭇거리던 과무기와 장손무길이 반사적으로 물러나는 그 순간에 누군가 소리쳤다.

"언니!"

어느새 지근거리로 다가선 남궁유화의 외침이었다.

설무백은 그녀의 다급한 외침이 어디에 기인한 것인지 이미 알고 있었기 때문에 그녀가 아닌 그녀의 언니, 남궁유아를 지그시 바라보았다.

남궁유아가 그의 시선을 마주한 채로 싱긋 웃으며 어느 순간인지 모르게 잡고 있던 칼자루를 놓았다.

남궁유화는 본능적으로 반격에 나서려던 남궁유아의 행동

을 제지했던 것이었다.

장내가 찬물을 끼얹은 것처럼 조용해졌다.

누구도 움직이지 않았고, 누구도 입을 열지 않았다.

설무백은 미온한 미소를 지은 얼굴로 그런 주변의 상황을 둘러보고 나서 슬며시 공수하며 돌아섰다.

"그럼 다들 수긍한 것으로 알고 나는 바쁜 일이 있어서 이만……!"

남궁유아는 돌아서는 설무백을 반사적으로 잡으려는 듯 손을 내밀려다가 그만두었다.

남궁유화가 그녀의 어깨를 잡은 까닭이었다.

설무백 등은 그사이 빠르게 장내를 벗어나서 사라졌다.

"흥!"

부약운이 시선을 마주한 남궁 자매를 노려보며 콧방귀를 뀌고는 서둘러 밖으로 나섰다.

과무기와 장손무길이 그와 동시에 움직여서 바닥에 엎어진 구양수의 안위를 살피고는 남궁유아를 향해 말했다.

"상당한 내상을 입었소. 바로 치료하지 않으면 후유증을 남길 수도 있소."

남궁유아가 쏘아붙이듯 냉정하게 대꾸했다.

"그러니 어서 데려가서 치료해 줘요. 구양세가에서 이번의 일의 책임을 공자들에게 물을 수 있을 테니, 실수가 있어서는 안 될 거예요."

과무기와 장손무길이 서로 시선을 교환하며 어깨를 으쓱하고는 구양수를 양쪽에서 부축해서 밖으로 사라졌다.

남궁유아가 그제야 새삼 동생인 남궁유화에게 시선을 주며 물었다.

"너는 왜 말린 건데?"

남궁유화가 심드렁하게 대꾸했다.

"애초에 언니가 나설 일이 아니었어."

남궁유아가 마치 사내처럼 쩝쩝 입맛을 다시며 어깨를 으쓱했다.

"그런 건가?"

"그런 거야."

"그런 거군."

남궁유화가 거듭 말하자, 남궁유아가 멋쩍은 얼굴로 뒷머리를 긁적였다.

남궁유화가 그 모습에 픽 웃으며 말했다.

"그래도 보기 좋았어. 두 사람, 여전히 옥신각신하면서 잘 지내네."

그렇다.

아는 사람만 아는 사실이나, 두 사람 남궁유아와 부약운은 우연찮게 어려서부터 만나서 어린 시절을 함께 보낸 소꿉친구였다.

그녀들 사이에서 남이 보면 닭살이 돋을 정도로 유치한 언쟁이 가능한 이유가 그래서 가능한 것인지로 몰랐다.

남궁유아가 쓰게 웃으며 입맛을 다셨다.

"잘 지내긴, 하여튼 부약은 저년하고만 엮이면 이상하게 승부욕이 들끓는단 말이야. 그년이 나보다 예뻐서 그런가?"

남궁유화가 대수롭지 않게 고개를 저었다.

"미모든 뭐든 언니가 절대 안 꿀려. 그저 언니가 제멋대로 사는 그녀의 인생을 부러워하기 때문이지. 자기도 이미 잘 알고 있으면서 괜히 딴 소리는……."

남궁유아가 새삼 사내처럼 쩝쩝 입맛을 다시며 자못 싸늘하게 남궁유화를 노려보았다.

"하여간 네 앞에서는 한 치의 빈틈도 용납이 안 되는구나. 그런 건 대충 모르는 척 넘어가면 안 되는 거냐?"

남궁유화가 돌아서서 본래의 자리로 돌아가며 대답했다.

"나처럼 그냥 좀 편하게 살 때도 있으라고 하는 소리야. 장녀랍시고 과분하게 아버지가 건네는 짐을 다 짊어질 생각하지 말고."

남궁유아가 빙그레 웃고는 남궁유화와 어깨동무를 하며 말했다.

"무슨 말인지는 알겠는데, 아까는 전적으로 그래서 나선 것만은 아니야."

"아니면……?"

"그게, 아까 그 사내 그거 묘하게 끌리더라고. 너도 봤지?

그래도 이름깨나 날리는 흑도 사공자의 셋을 쥐 집듯이 잡는 거? 혹시나 이것도 그년과의 승부욕일까? 그년이 관심을 보이는 사내라서?"

남궁유화의 안색이 변했다.

그녀는 발걸음을 멈추며 단호하게 말했다.

"그게 무슨 이유든 그냥 그러지 마! 그 사람에게서 관심 끊어!"

남궁유아가 급격히 변한 그녀의 감정을 느낀 듯 어리둥절한 표정이 되었다.

남궁유화가 보지 않고도 그걸 느낀 사람처럼 나직한 목소리로 한마디 더했다.

"부탁이야."

꽃

호경루를 나선 설무백은 곧장 홍등취(紅燈聚 : 유흥가)와 버금 가는 호반을 벗어났다.

그리고 미행이 없다는 것을 확인한 즉시 돌아서서 다시 호경루로 향했다.

호경루의 별채를 확인해 볼 생각이었다.

일행과 함께라면 어려울지 몰라도 혼자라면 충분히 가능했다.

호경루에 운집한 자들이 제아무리 강호무림의 절정을 구가하는 고수들일지라도 능히 피할 수 있는 자신이 그에게는 있었다.

　그러나 설무백은 그럴 필요가 없게 되었다.

　호경루로 돌아가는 길목에서 그의 예상보다 빨리 돌아온 시천과 조우했기 때문이다.

　"사도와 함께 조를 편성해서 의심이 가는 장소를 돌다가 우연찮게 예사롭지 않은 정보를 입수해서 이렇게 달려왔습니다."

　"예사롭지 않은 정보……?"

　"아무래도 해남검파의 고수들이 호경루의 별채를 거처로 정한 이유가 있는 것 같습니다. 호경루의 주인인 장소사(張素沙) 장, 대인이 과거 해남도에서 이주한 사람이랍니다."

　"해남검파의 제자라는 건가?"

　"거기까지는 미처 확인할 시간이……."

　"아……!"

　설무백은 숨을 몰아쉬던 시천의 모습을 상기하며 수긍하고 재우쳐 물었다.

　"사도는?"

　시천이 서둘러 대답하며 돌아섰다.

　"가시죠. 모처로 장 대인을 데려오기로 했습니다."

　시천이 말하는 모처는 소호에서 십여 리 떨어진 이름 모를

야산의 중턱에 자리한 집이었다.

집은 집이지만 폐가였다.

그것도 묘당(廟堂)의 폐가였는데, 과거 언젠가는 꽤나 번창한 묘당인 듯 담장도 있고, 건물도 여럿이었다.

다만 지금은 거의 모든 담장과 건물이 무너져서 흙덩이로 변해 가는 중이었고, 그나마 형체가 남은 것도 구멍이 숭숭 뚫렸거나 지붕의 일각이 무너져서 하늘이 내비치고 있었다.

그런 건물 중 하나, 신기하게도 벽이며 지붕이 형체를 유지하고 있는 중앙의 본전(本殿)이었다.

사도가 먼저 도착해서 기다리고 있다가 그들을 맞이했다.

대머리에 배불뚝이인 중늙은이 하나를 바닥에 무릎 꿇려 놓은 상태로 말이다.

그 중늙은이가 바로 호경루의 주인인 장 대인일 텐데, 어지럽게 산발한 머리에 땀이 흥건한 얼굴, 드문드문 예리하게 찢겨져 나간 비단 장삼이 매우 이채로웠다.

설무백은 포권의 예로 맞이하는 사도에게 먼저 물었다.

"역시 해남검파의 제자였나?"

사도가 대답했다.

"예. 비록 능숙하진 않아도 분명 해남일검류(海南一劍流)를 사용했습니다. 이대나 삼대쯤의 제자가 아닌가 합니다."

해남일검류는 해남검파를 구성하는 해남도의 서른여섯 가문 중 해남적룡가과 해남마가 다음으로 강대한 해남일문(海南

천휘천의
주인

一門)의 검법이었다.

이는 장 대인, 장소사가 그저 해남도에서 이주한 사람이
아니라 예상대로 명백히 해남검파의 제자라는 의미였다.

"힘깨나 쓰는 문파들이 중원에 비밀근거지를 만드는 거야
어제 오늘 일도 아니니, 내가 상관할 바가 아니고……."

설무백은 대수롭지 않게 그 장소사 앞으로 나서며 거두절
미하고 말했다.

"반천양과 적사연이 이미 별채를 빠져나갔음을 알고 있
다. 어디야? 장소만 알려 주면 호경루가 해남검파의 비밀 지
부라는 사실을 지켜 주겠다."

장소사가 물었다.

"거부한다면?"

설무백은 대수롭지 않게 말했다.

"지금 당신 누구에게 잡힌 건지도 모르지? 그만큼 우리 일
처리가 깨끗하다는 거야. 그러니 괜한 일에 목숨 걸지 말고 그
냥 얘기해. 하물며 시간이 문제일 뿐, 어차피 밝혀질 일이라는
거 당신도 이미 알고 있잖아."

장소사가 지그시 입술을 깨물더니 잠시 고민하다가 이윽
고 한숨을 내쉬며 대답했다.

"호경루이 별채에는 남쪽으로 사십여 장 떨어진 뇌봉산(雷
峰山)의 기슭으로 연결되는 지하 통로가 있소. 거기서 뇌봉산
을 넘어서 남쪽으로 이십여 리 정도 가면……!"

"연자림(連蔗林)!"

시천이 부지불식간에 말해 놓고는 제풀에 놀라서 넙죽 고개를 숙였다.

"죄송합니다!"

설무백은 그저 확인했다.

"맞나?"

장소사가 대답했다.

"맞소. 검후가 보낸 비무첩에 적힌 장소는 거기였소."

설무백은 가만히 고개를 끄덕이며 사도에게 시선을 주었다.

사도가 즉시 나서서 장소사의 몇 군데 혈도를 두드렸다.

제압한 마혈을 풀어 준 것이었다.

"약속은 지킨다! 대신 당신도 오늘 일을 잊어라!"

설무백은 긴장이 풀린 듯 풀썩 엎드리는 장소사에게 주지시키며 돌아섰다.

묘당의 폐가를 벗어난 그는 시천에게 뒤처리를 당부하며 서둘러 연자림으로 향했다.

혹시나 늦어질까 걱정이 들어서인지 전에 없이 빠른 경신술이 발휘되었다.

어느새 밤이 깊었다.

높이 뜬 달빛 아래 희미한 황색으로 물든 대지가 그의 발끝 아래서 길게 늘어지며 휙휙 지나갔다.

공야무륵 등이 진땀을 흘리면서도 미처 그의 뒤를 따라붙지 못하고 있었다.

설무백은 뒤늦게 그것을 느끼며 속도를 조절했으나, 공야무륵 등은 이미 물에 빠졌다가 나온 사람처럼 전신이 땀으로 흠뻑 젖은 상태였다.

그쯤에 그는 연자림에 도착했다.

연자림은 그곳이 왜 연자림인지 절로 알 수 있게 해 주는 장소였다.

구릉과 구릉 사이에 자연이 만들어 놓은 드넓은 수수밭이 바로 연자림이었다.

설무백은 연자림의 초입으로 들어서기 무섭게, 아니, 그 이전부터 그녀를, 바로 검후를 느낄 수 있었다.

그래서 슬쩍 손을 들어서 그 자리에 공야무륵 등을 남겨 두고 홀로 연자림으로 진입하려 했다.

그러나 뜻대로 되지 않았다.

위지건은 즉시 그 자리에 멈추었지만, 공야무륵은 아랑곳하지 않고 그를 따라왔다.

무슨 일이 있어도 그의 명령을 따르는 것이 위지건이 그를 따르는 방법이라면, 무슨 일이 있어도 그의 곁을 지키는 것이 공야무륵이 그를 따르는 방법이었다.

그런 면에서 볼 때, 암중에서 따르던 혈영 등은 그들과 또 다른 행동을 보였다.

그들은 혈영을 내세워서 그의 지시가 불합리하다는 것을 따지고 들었다.

"이 장소가 우리에게만 드러났다고 볼 수는 없습니다! 만일의 사태에 대비해서 따르겠습니다!"

상대는 누가 뭐래도 당대 최고의 검객 중 하나인 검후이다.

그런 고수에게 설무백을 혼자 보낼 수 없다는 것이 그들의 결심으로 보였다.

"그래, 다 같이 가 보자."

설무백은 그들의 마음도 충분히 이해하고, 다른 한편으로 검후의 비무를 관전한다는 것이 그들의 수련에 상당한 도움을 주리라는 생각이 들어서 허락으로 마음을 바꾸며 서둘러 연자림으로 진입했다.

그리고 이내 그녀와, 바로 검후와 조우했다.

높고 낮은 구릉이 구불구불 너울지듯 에두른 연자림의 중앙 어림이었다.

바람에 흔들리는 수수가 왠지 모르게 음산한 느낌을 주는 가운데, 달빛 아래로 흐르는 희미한 먹구름이 서북풍에 실려서 빠르게 흘러가고 있었다.

그 아래, 누군가 거대한 낫을 휘둘러서 주변의 모든 수수를 잠재운 것처럼 평평하게 변한 대지에 그녀가 우뚝 서 있었다.

달빛을 받아서 금빛을 발하는 죽립 아래로 어둠과 섞여서 안개처럼 휘날리는 검은 머리카락, 유난히 하얗게 빛나는 하관, 바람에 펄럭이는 낡은 잿빛 화복, 허리에서 흔들리는 검갑, 그리고 한 손에 뽑아 든 검을 수평으로 내민 채 선풍도골의 노인 하나와 대치한 모습이었다.

'반천양!'

그랬다.

그녀의 상대는 바로 일월비천검 반천양이었다.

해남검파 내에서 맞수로 평가받는 반수검 적윤이 노환으로 드러누운 지금 명실공히 해남검파의 최고수로 평가되는 검객이 그녀와 대치하고 있는 것이다.

설무백은 소리 내지 않고 조금 더 가까이 다가섰다.

대략 서너 장을 격하고 대치한 두 사람과의 거리를 십 장 정도까지 줄였다.

그때 미세한 기운이 빛살처럼 빠르게 그의 곁으로 접근했다.

좌측과 우측, 양쪽이었다.

설무백은 이미 그들이 다가서기 전부터 그들의 존재를 느끼고 있었기 때문에 슬쩍 손을 들어서 반사적으로 대응하려는 공야무륵 등을 막으며 말했다.

"검후의 비무를 방해할 생각이 아니라면 그만두지?"

좌우에서 다가오던 기운이 멈추었다.

설무백은 건조한 눈빛으로 그들을 확인했다.

좌측에서 다가온 기운은 검후와 같은 복색으로 죽립을 쓰고 있는 두 여인이었다.

안면이 있었다.

지난날, 검후의 남여(藍輿 : 두 명이 들게 되어 있는 가마)를 들던 여인들이었다.

우측에서 다가오다가 멈춘 기운은 사내 하나였다.

짙게 휘어진 눈썹과 갸름하면서도 높은 콧대, 전반적으로 둥그스름한 얼굴형이 수려하고 곱게 자란 귀공자를 연상케 하는 용모였는데, 눈빛이 특이했다.

마치 무언가를 두려워하는 것처럼 파르르 떨리는 눈빛으로 그를 바라보고 있었다.

설무백은 상대, 사내가 바로 사상쾌도 적사연임을 알아보며 이채로운 눈빛으로 마주했다.

절로 그럴 수밖에 없었다.

지금 적사연은 의도적으로 드러내지 않고 있는 그의 저력을 알아보고 있었다.

본의 아니게 떨리는 눈빛으로 긴장감을 드러내는 적사연의 태도가 그 증거였다.

적사연은 그의 예상을 상회하는 고수였던 것이다.

그 적사연이 떨리는 목소리로 물었다.

"누구지 당신?"

설무백은 대답 대신 손가락을 입술에 대고 조용히 하라는 시늉을 했다.

"쉿! 내가 방해꾼이 아니라는 것을 알았으면 됐잖아. 얘기는 나중에, 우선 조용히 구경이나 하자. 나름 꼬리를 잘 자르긴 했지만, 명색이 그들도 다들 작금의 중원에서 한가락 하는 사람들인데, 설마 여길 못 찾을까?"

"……!"

"그러니까, 우선 비무부터. 무슨 말인지 알지?"

적사연은 굳이 대답을 하진 않았으나, 무슨 말인지 충분히 이해하고 납득한 것 같았다.

그녀는 가만히 그를 주시한 채로 고개를 끄덕였다.

설무백은 그에 아랑곳하지 않고 삼엄하게 대치하고 있는 두 사람에게 시선을 고정했다.

마침 두 사람의 대치에 변화가 일어나는 시점이었다.

깊은 호수처럼 고요하게 느껴지던 그들의 대치에 변화를 일으킨 것은 반천양이었다.

반천양은 각기 수중에 든 두 자루 검을 하나는 하늘로, 다른 하나는 지면으로 뻗은 채 서 있었다.

그게 바로 그의 별호이자 절기인 일월비천검의 기수식이었는데, 그 상태로 대치하던 그가 문득 좌측으로 미끄러지듯 이동하기 시작했다.

직선이 아닌 곡선, 검후를 중심에 두고 원을 그리며 돌아가는 것이다.

시작은 느긋할 정도로 느렸다.

하지만 이내 더 할 수 없이 빨라져서 흙먼지가 세차게 날리는 가운데 반천양의 모습이 길게 늘어지며 수백 수천 개로 연결되어 버리는 모습이었다.

다만 검후는 검극을 수평으로 내민 자세 그대로 꼼짝도 하지 않았다.

그들 사이의 압력은 점점 높아져만 가는데 그녀는 완전히 돌부처가 되어 버린 것 같았다.

그러던 어느 한순간, 그녀를 축으로 수레바퀴처럼 빠르게 돌아가던 반천양의 신형이 그녀에게 향했다.

동시에 하늘로 지켜 세워지고 땅으로 이어진 반천양의 두 자루 검이 거짓말처럼 사라졌다.

반천양을 둘러싼 공간에 귀를 찢는 듯한 소음이 가득 찼다.

고오오오—!

반천양은 평소 이 소리를 용(龍)의 울음이라고 했다.

바로 그의 비도술(飛刀術), 어검술에 가까운 비도술인 일월비천검의 절초가 펼쳐진 것이다.

돌부처처럼 꼼짝도 하지 않고 굳어져 있던 검후가 그제야 움직였다.

그녀의 검극이 용의 울음을 따라 이동하며 하얗게 빛을 발하고 있었다.

순간.

꽈광—!

폭음이 터졌다.

눈부신 백광이 사방으로 비산하는 가운데, 시간은 멈추고,
대기가 갈라졌다.

눈부신 백광이 사라졌을 때, 검후는 검극을 내리고 있었고,
반천양은 한 무릎을 꿇으며 두 자루 검 중 부러지지 않은 하나
로 몸을 지탱하고 있었다.

검후의 승리, 반천양의 패배였다.

무림세가武林勢家 (3)

찰나의 시간이 영원처럼 길게 흘렀다.

시간이 멈춘 것처럼 누구도 움직이지 않는 가운데 한 무릎을 꿇은 반천양이 말했다.

"졌소. 노부는 패배를 자인하는 바이오."

말을 하는 반천양의 입가로 피가 새어 나오고 있었다.

외상은 보이지 않으나, 폐부를 다친 모양이었다.

검후가 그제야 무심하게 검을 허공에 그어서 피를 털어 내고 검갑에 넣으며 돌아섰다.

설무백의 측면으로 다가섰던 두 여인이 처음에는 천천히 뒷걸음질 치다가 이내 빠르게 물러나서 한쪽에 세워 둔 남여를 들고 그녀, 검후의 곁으로 갔다.

설무백의 또 다른 측면에 서 있던 적사연도 그녀들과 동시
에 움직여서 반천양의 곁으로 갔다.

"백부님……!"

반천양이 부축하는 적사연의 손목을 움켜잡으며 물었다.

"보았느냐?"

적사연이 격동에 찬 눈빛으로 그를 바라보며 파르르 떨리
는 입술로 대답했다.

"예, 보았습니다."

반천양이 미소를 짓고는 털썩 주저앉으며 몸을 지탱하고
있던 검을 뽑아서 적사연에게 내밀었다.

녹슨 쇠처럼 붉은 기운이 서린 그 검은 부러져 나간 장검과
달리 두 자 남짓한 짧은 검이었다.

"이제 이 월아(月牙)는 네 것이다. 이로써 나는 해남마가의
마지막 남은 비기마저 너에게 전했으며, 너는 이제 해남의 서
른여섯 가문이 지키고 보전해 온 모든 절기를 사사한 해남인
이 되었다. 바라건데 부디 남해삼십육검(南海三十六劍)을 완성
해서 선대의 숙원을 풀어 주기 바란다."

이건 아무리 봐도 절대 외부로 누설할 수 없는 가문의 비
밀로 들렸다.

하지만 말을 하는 반천양이나, 말을 듣는 적사연이나 지근
거리에 서 있는 검후가 자신들의 얘기를 들을 수도 있다는 사
실을 알면서도 아무런 스스럼이 없었다.

그들은 알고 있었기 때문이다.

지금이 말할 수 없고, 지금이 아니면 들을 수 없는 얘기라는 사실을 말이다.

반천양은 죽어 가고 있었다.

적사연이 자신의 팔목을 움켜잡은 반천양의 손을 지그시 눌러 잡으며 말했다.

"걱정 마세요. 제가 어떤 놈인지 잘 아시지 않습니까. 머지 않아 완성된 남해삼십육검을 보시게 될 겁니다."

반천양의 주름진 입가에 해맑은 미소가 떠올랐다.

적사연을 바라보는 그의 두 눈이 스르르 감기고 있었다.

죽음이었다.

적사연은 쓰러지는 반천양의 신형을 부축하며 건네받은 검, 월아를 부서져라 움켜잡았다.

붉게 달아오른 그의 눈빛이 검후에게 돌려졌다.

검후는 가마에 오르지 않은 채로 우두커니 서서 그의 시선을 마주했다.

오늘 반천양이 나선 것이 비단 자신의 비무첩에 응해서만 아니라 적사연에게 모종의 깨우침을 주기 위해서라는 사실을 들었으면서도 일말의 동요가 없었다.

죽립 아래 검은 면사에 가려서 보이지는 않지만, 마치 그녀는 눈빛으로 말하는 것 같았다.

기다려 주겠다고. 기대하겠다고. 그러니 서두르지 말라고.

적사연의 이마에 핏대가 섰다.

월아를 움켜잡은 그의 손에서 피가 흘러내렸다.

손톱이 손바닥을 파고들어간 것이다.

다만 그건 인내의 행위였다.

그는 반천양의 패배에 분노한 것이 아니라 검후의 무위에 호승심을 느꼈을 뿐이고, 그 정도는 능히 제어할 인내가 그에게는 있었다.

적사연은 끝내 나서지 않고 그녀의 시선을 외면하며 반천양의 주검을 수습했다.

검후가 그제야 적사연을 외면하며 설무백을 바라보았다.

설무백은 담담히 그녀의 시선을 마주했다.

검후가 불쑥 물었다.

"두 번째 만남인가?"

설무백은 어깨를 으쓱했다.

"아마도."

"우연인가?"

"첫 번째는 그렇고, 지금은 아냐."

"역시 보통 인물은 아니라는 건데……."

검후가 가만히 혼잣말처럼 중얼거리다가 재우쳐 물었다.

"이유가 뭐지?"

설무백은 멋쩍은 미소를 지으며 말을 얼버무렸다.

"그냥……."

"그냥?"

검후가 고개를 갸웃하며 말을 덧붙였다.

"아무리 봐도 그냥은 아닌 것 같고. 정말 아쉽게 되었네. 미리 알았다면 비무첩을 받을 수 있었을 텐데 말이야."

설무백은 특유의 미온한 미소를 짓다가 문득 물었다.

"누가 아쉬운 거지?"

검후가 선뜻 대답하지 못하고 머뭇거리다가 이내 그를 향해 돌아섰다.

"때론 길이 어긋나는 경우도 있고, 길을 잘못 드는 경우도 있는 법이니, 사전에 비무첩을 돌리지 않았다 한들 무슨 문제가 될까. 군이 원한다면 상대해 줄 수도 있다."

그녀는 재우쳐 물었다.

"원하나?"

설무백은 절로 마음이 동해서 눈을 빛냈다.

반천양의 비검술도 대단했지만, 그걸 일검에 파훼한 그녀의 검공은 참으로 고절한 경지였다.

어떻게 그리 깔끔하게 반천양의 비검술을 막아 내며 역습을 가할 수 있었던 것인지 실로 몸소 경험해 보고 싶은 마음이 굴뚝같았다.

하지만 참아야 했다.

검후의 비무행이 끝나면 안 된다.

그가 아는 역사가 전혀 예기치 못한 방향으로 비틀어질 수도 있기 때문이다.

그건 정말 곤란했다.

'아쉽지만⋯⋯.'

설무백은 애써 고개를 저으며 거부했다.

"아니, 원하지 않아. 당신은 앞으로도 검후의 비무를 계속 이어 가야 하니까."

검후의 얼굴을 가린 검은 면사가 살짝 흔들렸다.

감정의 변화가 드러난 모습이었다.

분노 아니면 비웃음일까?

그게 무엇이든 설무백의 말에 담긴 말뜻을 정확히 이해했다는 방증이었다.

그녀가 그와 싸우면 더 이상 검후의 비무를 이어 갈 수 없다는 것은 바로 그녀의 패배를 의미한다.

그녀는 대번에 그걸 알아들은 것이다.

"묘하군. 도발은 아닌 것 같고, 뭐지? 대체 뭘 원하는 거지?"

설무백은 군이 감출 이유가 없다고 생각하며 솔직하게 털어놓았다.

"오늘은 당신한테 볼일이 있는 게 아니니까 관심 두지 마. 저 친구를 만나러 온 거야."

저 친구란 바로 적사연이었다.

설무백은 슬쩍 적사연을 일별하는 것으로 그것을 검후에게 알려 주었다.

검후가 새삼 묘하다는 기색으로 그를 주시하며 말꼬리를 잡았다.

"오늘은?"

설무백은 검은 면사 속에서 호기심에 가득한 눈망울로 빛나는 그녀의 두 눈을 어렵지 않게 확인할 수 있었다.

그는 못내 미소를 지으며 대답해 주었다.

"머지않아 다시 만나게 될 거야. 그러니 괜히 일을 복잡하게 만들지 말고 그만 자리를 뜨는 게 어때?"

검후도 벌써 느끼고 있던 모양이었다.

적잖은 인기척들이 빠르게 다가오는 방향을 슬쩍 일별한 그녀는 이내 남여에 오르며 말했다.

"기대하지."

무심하게 들리는 그녀의 대꾸와 동시에 움직인 남여가 대번에 저 멀리 어둠속으로 사라졌다.

설무백은 그제야 적사연에게 시선을 주며 재촉했다.

"우리도 그만 갈까?"

적사연이 오묘한 표정을 지으며 그를 바라보았다.

"잘못 들었나 했는데, 역시 아까 저 친구라는 게 바로 나였던 거요?"

설무백은 거듭 채근했다.

"자세한 얘기는 나중에, 어디 다른 곳으로 장소를 옮겨서 나누면 안 될까?"

그는 다수의 무리가 빠르게 접근하고 있는 방향을 일별하며 곤란하다는 표정으로 덧붙였다.

"아무래도 저기에 나로서도 꽤나 감당하기 어려운 친구들이 있는 것 같아서 말이야."

자세한 내막은 알 수 없으나, 지금 다가오는 무리 속에서는 앞서 호경루에서 마주친 자들도 있는 것 같았다.

그는 아직 제법 거리가 떨어져 있음에도 불구하고 사람이 저마다 가진 기운과 기세의 차이로 어렴풋이 그것을 간파할 수 있었다.

적사연이 미심쩍은 표정을 지으면서도 더는 마다하지 않고 반천양의 주검을 어깨에 들쳐 멨다.

"좋소. 어디 한번 가 봅시다. 앞장서시오."

설무백은 기꺼이 앞장섰다.

반천양의 주검을 어깨에 둘러멘 적사연이 그 뒤를 따르고 공야무륵 등이 그 뒤에 붙었다.

설무백 등이 자리를 떠난 지 얼마 지나지 않아서 일단의 무리가 속속들이 연자림에 나타났다.

그리고 설무백의 짐작대로 그 무리 속에는 남궁유아와 남궁유화 자매를 비롯해서 호경루에 자리했던 거의 모든 고수들이 포함되어 있었다.

그들 중 하나, 남개방의 후개인 소선풍이 누구보다도 먼저 장내를 둘러보고 나서 말했다.

"대략 반각 이내에 자리를 떴네요."

남궁유아가 물었다.

"승패는?"

"검후의 승리입니다."

소선풍이 잘라 말했다.

"흔적으로 봐서는 반 노선배님의 죽음까지도 염두에 두어야 할 것 같습니다."

"음!"

남궁유아가 묵직한 침음을 흘렸다.

그녀만이 아니라 주변에 있는 거의 모든 사람들의 입에서 경탄과 탄식이 터졌다.

소선풍이 주변의 눈치를 보며 남궁유아에게 슬며시 다가서서 말을 건넸다.

"역시 맹 차원에서 나서는 게 낫지 않았나 싶네요."

남궁유아가 자못 사납게 면박을 주었다.

"허튼 소리! 공사도 구분 못 해? 이건 지극히 개인적인 일이야! 모두를 위해 뭉친 맹이 어떻게 이런 일까지 손을 댈 수 있어!"

소선풍이 마뜩찮다는 표정을 지으며 입안으로 구시렁거렸다.

"하여간 이것저것 따지는 것도 많지……!"

"뭐라고?"

남궁유아가 어떻게 귀신같이 듣고 으르렁거리며 소선풍을 노려보았다.

소선풍이 찔끔해서 자라목을 하며 손사래를 쳤다.

"아니에요. 과연 그런 것 같다고요."

남궁유아가 뻔히 그게 아닌 것을 알지만 이번에는 그냥 한 번 넘어가 준다는 식으로 사내처럼 피식 웃더니, 느닷없이 손을 내밀어서 소선풍의 멱살을 잡고 당겼다.

"좋아, 그건 그렇다 치고, 그럼 이제 아까 그 일에 대해서 말해 봐. 왜 뜬금없이 별채에 들어가 볼 생각을 한 거야?"

설무백이 호경루를 떠난 다음에 벌어진 상황이었다.

설무백이 사라지고 얼마 지나지 않아서 소선풍은 갑자기 별채로 뛰어 들어갔고, 그 바람에 해남검파의 반천양과 적사연이 다른 사람으로 바뀌어져 있음이 드러났다.

호경루에 있던 대부분의 사람들이 지금 이 자리에 나타날 수 있었던 이유가 바로 거기에 있었다.

들어간 사람만 있고 나간 사람은 없는데 사람이 바뀌어져 있으니, 결론은 하나, 비밀 통로였다.

결국 모두가 나서서 별채의 내부를 이 잡듯이 뒤진 결과 이내 비밀 통로를 발견할 수 있었고, 마침내 지금 여기 연자림까지 찾아올 수 있었던 것이다.

"그게, 그러니까……."

소선풍이 선뜻 대답하지 못하고 말을 버벅거리자 남궁유아의 눈빛이 싸늘하게 변했다.

"허튼소리하면 죽는다, 아주!"

소선풍은 남개방의 후개라는 것과 무관하게 남맹의 정보를 총괄하는 풍향각에 소속되어 있었다.

즉, 그는 엄연히 남궁유아의 수하인 것, 그가 어찌 상관의 명령을 거역할 수 있을 것인가.

그는 어쩔 수 없다는 듯 한숨을 내쉬며 실토했다.

"사실 제가 좀 알거든요, 아까 호경루에서 구양수 등과 시비가 붙었던 그 사람을요."

남궁유아가 도무지 알다가도 모르겠다는 듯 오만상을 찡그렸다.

"네가 그 친구를 좀 아는 것과 네가 갑자기 별채로 뛰어 들어간 것이 대체 무슨 상관이냐?"

소선풍이 멋쩍게 웃으며 대답했다.

"제가 아는 그 사람은 그게 무엇이든 그리 쉽게 포기할 사람이 아니거든요. 그런데 고작 몇몇 시답잖은 애들과 시비가 붙었다고…… 아, 이건 제가 구양수 등을 그렇게 본다는 게 아니라 사람들의 시선으로 봤을 때를 말하는 겁니다. 무슨 말인지 알죠?"

남궁유아가 사내처럼 눈을 부라렸다.

"그렇다고 치고, 어서 설명이나 마저 해!"

소선풍이 서둘러 다시 설명했다.

"결론적으로 그 사람은 고작 그런 일로 하던 일을 포기하고 떠날 사람이 아닙니다. 거기까지 왔을 때는 분명 반 노선배님을 살피러 왔다는 건데, 그런 사람이 그냥 가 버린 것이 이상해서 확인해 본 겁니다. 결국 제 예상이 들어맞았고요."

이제야 무슨 말인지 알겠다는 듯 가만히 고개를 끄덕인 남궁유아가 슬쩍 남궁유화를 보며 물었다.

"넌 왜 생각 못했어?"

남궁유화가 눈에 힘을 주었다.

"언니!"

남궁유아가 히죽 웃으며 손사래를 쳤다.

"농담이다, 농담!"

그녀는 거짓말처럼 웃음기를 지우고는 습관처럼 턱을 매만지며 중얼거렸다.

"아무려나, 그럼 그 친구를 따라나선 그년도 같이 있겠군."

말을 끝맺은 그녀의 시선이 소선풍에게 던져졌다.

"그렇지?"

"그년이요?"

"부약운!"

"아……!"

소선풍이 어색한 미소를 흘리며 대답했다.

"뭐, 그럴 수도 있겠네요. 바로 뒤를 따라갔으니까."

남궁유아가 히죽 웃더니, 느닷없이 발을 굴러서 주위를 환기시키며 소리쳤다.

"다들 집중! 지금부터 가능한 모든 수단을 사용해서 그들을 찾아라! 가급적 싸움은 피하되 필요하다면 무력을 동원해도 좋다!"

소선풍이 눈을 멀뚱거리며 서 있다가 불쑥 끼어들었다.

"맹 차원에서 움직이는 겁니까?"

"표정이 왜 그래? 그러면 안 된다는 거야 뭐야?"

"아니, 아까만 해도 공과 사를 분명하게 구분해야 한다면서요?"

"누가 지금 검후를 쫓는다고 했어?"

남궁유아가 눈을 부라리며 면박을 주고는 이내 장내의 모두에게 들으라는 듯이 언성을 높여서 외쳤다.

"다들 명심해라! 우리가 쫓는 건 검후가 아니다! 그 사내, 흑포사신이다!"

그게 언제인지는 모르겠으나, 그녀는 이미 설무백이 흑포사신이라는 사실을 알고 있는 것이다.

주변의 모두가 일사불란하게 움직이는 가운데, 소선풍은 무언가 켕기는 기색으로 선뜻 자리를 뜨지 못했고, 남궁유화

역시 복잡한 감정이 뒤엉킨 눈빛을 드러내며 머뭇거리고 있었다.

남궁유아가 그들을 주시한 채로 그림자처럼 뒤에 시립해 있는 두 사람, 청수와 홍매를 향해 지시했다.

"혹시 모르니 흑선궁에 연락해서 부약운의 위치를 한번 파악해 봐요. 분명 지금 그들과 함께 있거나 뒤를 쫓고 있을 텐데, 지들끼리는 소통하고 있을지도 모르니까요."

청수와 홍매가 두 말없이 고개를 숙였다.

동시에 그 자리에서 홀연히 사라졌다.

남궁유아가 그제야 머뭇거리고 있는 소선풍과 남궁유화의 사이로 끼어들어서 어깨동무를 하며 자못 음충맞게 흐흐거리며 웃었다.

"아무래도 너희들은 나와 따로 할 얘기가 좀 있겠지?"

다른 건 몰라도 부약운에 대한 남궁유아의 예상은 매우 정확했다.

부약운은 설무백의 뒤를 쫓는 중이었다.

아니, 보다 정확히는 쥐도 새도 모르게 설무백의 뒤를 따르고 있었다.

의도한 바는 아니나, 그녀는 그 덕분에 연자림에서 벌어진 검후와 반천양의 비무를 관전할 수 있었고, 지금은 그 누구도 접근할 수 없었던 설무백의 거처까지 확인하고 있었다.

항주의 외각에 자리한 운목(雲木)이라는 이름의 낡은 객잔이었다.

연자림을 벗어난 설무백 등은 곧장 성내를 가로질러서 운목객잔을 찾아갔던 것이다.

'이번에는 절대 놓치지 않고 정체를 밝힐 테다!'

부약운은 소로의 구석에 자란 방풍목의 그늘 속에 은신해서 운목객잔으로 들어가는 설무백 등을 주시하며 내심 다짐하고 또 다짐했다.

약간의 걱정이 더해진 망설임으로 인해 놓친 덕분에 무려 일 년 가까이나 지나 버린 지난날의 후회를 절대로 반복하지 않겠다는 것이 그녀의 각오였다.

그러나 아쉽게도 그건 그녀의 꿈이고 희망에 불과했다.

설무백 등이 그녀가 지켜보는 가운데 운목객잔의 내부로 사라진 다음이었다.

고도의 은신술을 발휘한 채 최대한 신중하게 주변의 동정을 살피며 운목객잔의 내부로 접근하던 그녀는 문득 소스라치게 놀라며 얼음처럼 굳어져 버렸다.

누군가 그녀의 뒤에 있었다.

익숙한 기척이었다.

그래서 더욱 꼼짝도 할 수 없는 그녀는 등골이 오싹해지며 전신에 소름이 돋았다.

아니나 다를까, 직감하고 있던 익숙한 목소리가 그녀의 귓속을 파고들었다.

"여기까지. 더는 곤란해."

부약운은 숨이 막힐 것 같은 긴장감을 애써 억누르며 천천히 돌아섰다.

과연 어김없이 물끄러미 바라보는 설무백의 얼굴이 그녀의 눈에 들어왔다.

분명 조금 전에 운목객잔으로 들어간 설무백이 언제 어느순간인지 모르게 그녀의 뒤에 나타나 있었던 것이다.

그녀는 애써 침착함을 가장하며 물었다.

"뭐가 더는 곤란하다는 거지?"

설무백이 답변 대신 가볍게 주의를 주었다.

"괜한 호기심으로 문제 만들지 말고 돌아가. 사정이야 어쨌든 아까 호경루에서 도움을 받았으니 그것으로 더는 문제 삼지 않도록 하지."

부약운은 분위기상 전혀 그럴 상황이 아닌데, 오기가 받쳐서 따지고 들었다.

"지금 누구 겁 줘? 문제를 삼으면 대체 뭘 어쩌겠다는 거야?"

설무백이 무심하게 반문했다.

"혼자 따라 왔지? 다른 사람들 모르게?"

"그래서?"

"내 생각엔 지금 너 하나만 조용히 처리하면 적어도 당분간 내 뒤를 따라붙을 사람이 없을 것 같은데, 네 생각은 어때?"

무심결에 대꾸하고 설무백을 노려보던 부약운은 문득 얼음구덩이에 빠진 것 같은 한기를 느꼈다.

심드렁하게 바라보는 설무백의 눈빛을 마주하자니, 이유도 모르게 어쩌면 이 사람은 정말 그럴 수도 있겠다는 생각이 들었다.

'에이, 설마!'

부약운은 애써 그 생각을 부정하며 오기를 부리려 했으나, 도저히 그럴 수가 없었다.

이해할 수 없는 본능이 더는 선을 넘지 말라는 경고를 그녀의 뇌리에 주입한 것 같았다.

왠지 모르게 사고가 마비된 것처럼 몸이 굳어지며 입술이 떨어지지 않았다.

설무백은 마치 그런 그녀의 상태를 아는 것처럼 미온한 미소를 입가를 보였다.

그러고는 이내 손가락 하나를 내밀어서 그녀의 이마를 슬쩍 밀고는 운목객잔으로 발걸음을 옮겼다.

"돌아가. 기회가 되면 나중에 다시 보자."

부약운은 이제 자신이 어떤 선택을 해도 더는 상관하지 않겠다는 듯 느긋하게 운목객잔으로 들어가는 설무백의 뒷모습을 바라보며 절로 미간을 찌푸렸다.

분명 분하고 억울한데, 묘하게도 화가 나지 않았다.

나중에 다시 보자는 설무백의 목소리만이 그녀의 귓가를

맴돌고 있었다.

"치……!"

부약운은 가야 할지 말아야 할지 망설이고 또 망설이다가 결국 지그시 입술을 깨물며 돌아섰다.

아무리도 생각해도 지금은 그냥 물러나는 것이 옳은 것 같았다.

천외천의
주인

무림세가武林勢家 (4)

사전에 석자문이 알려 준 하오문의 비밀 지부격인 운목객
잔으로 들어선 설무백은 객청의 창가에 서서 돌아가는 부약
운을 확인하고 나서야 돌아섰다.

돌아서는 그를 향해 암중의 혈영이 용서를 구했다.

"죄송합니다. 제가 미숙해서 미처 그녀의 미행을 간파하지
못했습니다."

"피차매일반이야."

설무백은 대수롭지 않게 잘라 말했다.

"나 역시 그녀가 이처럼 집요하게 굴 줄은 미처 예상하지
못했으니까."

혈영이 더는 말하지 않고 침묵했다.

그는 매사에 용서를 비는 것은 한 번으로 족하다고 생각하는 사람이었다.

대신 공야무륵이 나서며 넌지시 물었다.

"……그보다 그냥 보내도 괜찮겠습니까?"

설무백은 가만히 고개를 끄덕이며 짓궂은 표정으로 말했다.

"여자잖아. 나는 죽이기 싫고, 너희는 혼자서 못 죽여. 그러니 괜히 일 크게 벌리지 말고 그냥 한번 봐 주자."

사실은 여자라서가 아니었고, 괜히 일을 크게 벌이기 싫어서도 아니었다.

아직 부약운과의 인연이, 보다 정확히는 그녀가 소속된 흑선궁과 그의 인연이 남아 있기 때문이었는데, 전생의 기억인 그 이유까지 굳이 그가 밝힐 필요는 없었다.

공야무륵이 묵묵히 고개를 끄덕였다.

적잖게 부족한 설명임에도 수긍하며 물러나고 있었다.

과거 복건성에서 처음 요미를 만났을 때처럼 천하의 살인마답지 않은 약점인 여자에게 약한 그의 모습이었다.

그런데 아는 사람만 아는 그런 내막과 무관하게 설무백의 태도나 공야무륵의 반응을 어이없다는 듯이 바라보는 사람이 하나 있었다.

손님이 하나도 없어서 텅 빈 객청의 탁자에 자리를 잡고 앉아서 기다리던 적사연이었다.

당연한 반응이었다.

그로서는 도저히 이해할 수 있는 태도였다.

비접 부약운은 작금의 강호무림에서 능히 백대 고수의 반열을 넘보는 초고수였다.

솔직히 말해서 적사연 그 자신도 승리를 장담하기 어려웠다.

물론 그렇다고 해서 설무백을 자신의 아래로 얕잡아 보는 것은 아니지만, 천하의 고수인 부약운을 두고 여자니 한번 봐주자는 얘기를 나누는 그들의 모습을 보니 참으로 황당하기 짝이 없었다.

여기까지 따라온 것이 무슨 사기를 당한 것 같은 기분마저 들었다.

적사연은 그 기분에 참지 못하고 퉁명스럽게 먼저 말문을 열었다.

"장소를 옮기자고 해서 옮겼고, 잠시만 기다리라고 해서 기다렸소. 알다시피 내게는 지체할 시간이 그다지 많지 않으니 이제 그만 용건을 밝혀 주시오."

말을 하면서 그는 당장이라도 떠날 수 있도록 백부인 반천양의 주검을 챙겼다.

설무백이 그런 그의 곁으로 다가가며 대답 대신 다른 사람을 불렀다.

"시천!"

안쪽의 문가에 대기하고 있던 시천이 쪼르르 달려와서 고개를 숙였다.

"하명하십시오!"

설무백은 적사연이 곁에 두고 매만지는 반천양의 주검을 일별하며 지시했다.

"먼 길을 가실 분이니, 잘 단속해 드려라."

"옙!"

시천이 즉시 대답하며 적사연이 매만지고 있던 반천양의 주검으로 다가섰다.

적사연이 어리둥절해서 바라보았다.

설무백은 짧게 설명했다.

"안 그러면 해남까지 가지 못해."

적사연이 이제야 알아듣고 잡고 있던 반천양의 옷깃을 슬며시 놓았다. 시천이 반천양의 주검을 어깨에 들쳐 메고 후원 쪽으로 사라졌다.

설무백은 그제야 적사연의 맞은편에 앉으며 거두절미하고 용건을 꺼냈다.

"부탁이 하나 있다."

"부탁……?"

"해남으로 돌아가면 당분간 중원에 발을 들여놓지 마라. 적어도 팔 년 동안은 그래 주길 바란다."

적사연은 어처구니가 없다는 듯 '하하' 소리 내서 웃고는 이내 거짓말처럼 웃음기를 지우며 설무백을 노려보았다.

"부탁이 아니라 경고나 협박으로 들리는 걸?"

설무백은 대수롭지 않게 적사연의 시선을 마주하며 가만히 고개를 끄덕였다.

"뭐, 그렇게 들리면 그렇게 이해해도 상관없고."

적사연이 새파랗게 변한 눈빛으로 설무백을 노려보았다.

분노가 한계를 넘어 싸늘해진 눈빛이었다.

살기가 폭등했다.

너무나도 살기가 짙어서 중원의 검법과 달리 독특하다 못해 기괴하다고까지 평가되는 해남검파의 기풍을 여실히 느낄 수 있는 상황이었다.

그러나 적사연의 살기가 제아무리 대단해도 설무백을 위협할 정도는 아니었다.

설무백의 눈에 적사연은 아직 어렸다.

적어도 해남검파의 오의를 깨달으려면 아직 시간이 필요한 애송이였다.

"그러지 마."

설무백은 태연하게 한 손을 들어서 적사연을 말렸다.

"오백 년 해남검파의 역사에서 처음으로 탄생한 남해삼십육검의 주인을 내 손으로 죽이고 싶지는 않으니까."

"……!"

살기를 키워 나가던 적사연의 얼굴 표정이 당혹감으로 일그러겠다.

아직 문파의 제자들조차 제대로 알지 못하는 극비가 설무백의 입에서 나왔기 때문이다.

검후라면 혹시 모른다.

반천양이 귀천하기 전에 언급한 그 말을 지근거리에 서 있던 그녀는 어쩌면 들었을 수도 있었다.

그러나 설무백은 아니질 않는가.

당시 설무백은 멀리 떨어져 있어서 제아무리 정상적인 인간을 한참 초월할 정도로, 아니, 그보다 더해서 짐승보다 더한 청각을 가졌어도 절대 그들의 대화를 들을 수 없었다.

"대체⋯⋯?"

적사연은 애써 감정을 억누르고 마음을 다잡으며 물었다.

"⋯⋯당신 뭐야? 대체 당신 누구야?"

와중에도 그는 남해삼십육검을 언급하지 않고 있었다.

쥐어짜고 또 짜낸 그의 마지막 정신력이었다.

설무백은 그게 느껴져서 적사연에 대한 마음이 한층 더 너그러워졌다.

때마침 그때 반천양의 주검을 들고 후원 쪽으로 사라졌던 시천이 돌아와서 보고했다.

"재질이 좋은 소나무인 황장목(黃腸木)을 관재(棺材)로 하고, 잘 말린 비자나무를 안감으로 대서 모셨습니다. 바닥에 따로 향목(香木)을 깔고 약재로 덮었으니, 마차를 마구 몰지만 않는

다면 해남까지 모시는 데 별반 무리가 없을 겁니다."

시천이 빈손으로 돌아온 것은 반천양의 관을 마차에 실어 두었기 때문일 것이다.

설무백은 가만히 고개를 끄덕여 주는 것으로 시천을 물리 며 적사연을 향해 조용히 말했다.

"돌아가면 말들이 아주 많을 거야. 격하게 복수를 주장하는 가문도 있고. 남몰래 독자적으로 행동에 나서려는 가문도 있을 거다. 당연히 그러리라는 거 너도 이미 알고 있지?"

"……."

적사연은 당황한 기색, 놀란 표정으로 입을 다문 채 설무백 을 바라만 보고 있었다.

설무백은 픽 웃으며 계속 말했다.

"근데, 일부 가문의 존장들은 이번 사태를 빌미로 예전과 같은 분리를 요구할 거야. 남해삼십육검을 완성하기 위해서 이미 가문의 비기를 내놓은 자들이 왜 그런 결정을 내릴까? 이상하지?"

"……!"

"그래, 바로 그거야. 그들이 자발적으로 내놓은 가문의 비 기는 진짜 비기가 아니었다는 뜻이지."

적사연이 더는 참지 못하고 나섰다.

"대체 당신은……?"

"돌아가서!"

설무백은 힘준 목소리로 의혹에 소리치는 적사연의 입을 막으며 말했다.

"그런 것들부터 깔끔히 정리해. 그리고 어디 한번 진짜 남해삼십육검을 완성해 봐. 그럼 얼추 팔 년 정도 금방 지나가지 않을까?"

적사연이 더는 놀라지도 당황하지도 않고 차분한 기색으로 돌아가서 물었다.

"그 다음에는?"

설무백은 대수롭지 않게 대꾸했다.

"그즈음해서 이상한 소식을 하나 들게 될 거야. 중원이 뒤집어졌다는 그런…… 그때 나를 찾아와. 괜히 혼자 설치며 싸우지 말고."

그리고 웃으며 처음으로 자신을 소개했다.

"내 이름은 설무백이고, 나 자신은 천외천주(天外天主)이길 바라나, 사람들은 나를 사신(死神)으로 부른다!"

적사연의 눈이 절로 커졌다.

이제야 그는 설무백을 알아보았다.

들은 적이 있었다.

검후의 비무첩을 받고 중원으로 입성하지 전에 조사한 강호무림의 백대 고수에 속한 들어 있던 명호였다.

"흑포사신!"

"아무도 없습니다. 살펴보니 바로 얼마 전까지만 해도 사람들이 기숙하며 밥을 짓고 요리를 한 흔적이 남아 있으나, 지금은 완전히 텅 비었습니다. 젓가락 한 짝도 남겨 두지 않고 전부 다 사라졌습니다!"

특이하게도 은빛 요대를 두른 푸른 학창의가 매우 잘 어울리는 삼십 대의 미남자, 청수의 보고는 단호했다.

수하들과 함께 무려 반 시진 동안이나 운목객잔의 구석구석을 살핀 다음의 결론이니 틀림없을 터였다.

다만 보고를 하는 내내 청수의 두 눈은 전에 없이 혼탁한 빛에 잠겨 있었다.

입으로는 보고를 하면서 머릿속은 딴 생각으로 가득 차 있는 것이었다.

남궁유아는 왜 그런지 알기에 굳이 나무라지 않고 모르는 척 외면했다.

청수는 추종술(追從術)의 달인이었다.

청수가 지금과 같은 모습을 보일 때는 지닌 바 역량을 총동원하고 있을 때였다.

지금 청수의 머릿속은 운목객잔에서 수집한 흔적을 토대로 상대의 다음 행동을 추론하느라 정신이 없는 것이었다.

그때 한줄기 바람이 불어와서 남궁유아의 곁에 머물렀다.

한 사람이 고도의 신법으로 다가와서 홀연히 모습을 드러냈다.

백옥 같은 피부를 가진 화사한 궁장차림의 미녀, 정확히는 중년 미부인 홍매였다.

남궁유아를 비롯한 장내의 모든 관심이 주변의 사정을 정찰하고 돌아온 그녀에게 쏠렸다.

그녀, 홍매가 다소곳이 고개를 숙이며 남궁유아에게 보고했다.

"과연 내력을 가진 객잔이었습니다. 이곳에 들어선 지 삼 년이 넘었지만, 주변의 그 누구도 주인을 본 적이 없고, 제대로 장사를 하는 것 같지도 않았답니다. 오직 장궤 하나가 내내 자리를 지키고 있었다는데, 그마저 주변인들과의 소통이 거의 없어서 그저 사십대의 사내라는 것이 다였습니다."

"물론 그래도 사람들의 왕래는 있었겠지?"

"예, 언제 왔다가 언제 돌아가는지 모르게 종종 사람들이 들락거렸다고 합니다."

남궁유아는 쓰게 입맛을 다셨다.

"일종의 안가(安家)라는 건가?"

홍매가 동의했다.

"아마도 그런 것 같습니다."

남궁유아는 정말 난감하다는 표정으로 팔짱을 끼며 한숨을 내쉬었다.

"이거 정말 뭔가 이상하지 않아? 난주가 무슨 옆 동네도 아니고, 일개 객잔의 주인이 왜 여기에다가 안가씩이나 만들지? 대체 이유가 뭐라는 거야?"

말을 끝맺으며 슬쩍 고개를 돌린 그녀는 이런저런 지시와 명령으로 떨쳐 낸 사람들과 달리 내내 동행시킨 남궁유화와 소선풍을 바라보았다.

돌부처처럼 무심한 침묵으로 대응하는 남궁유화와 달리 소선풍은 못내 찔끔하는 기색이었다.

남궁유아는 예리하게 소선풍의 반응을 놓치지 않고 한마디 했다.

"정말 할 말 있는 사람 없어?"

남궁유화는 권태로운 표정으로 그녀를 외면했으나, 소선풍은 마지못한 표정, 툴툴거리는 듯한 어조일망정 답변을 내놓았다.

"이상한 거로만 따지면 일개 객잔의 주인이, 그것도 작금처럼 어지러운 시기에 강북에 속하는 지역의 객잔 주인이 남몰래 강남을 휩쓸고 다니며 흑포사신이라는 별호를 얻은 것이 더 이상하죠."

남궁유화는 짐짓 도끼눈을 뜨며 소선풍을 노려보았다.

불길이 토해질 것 같은 그녀의 입이 열리기 전에 소선풍이 후다닥 말꼬리를 이었다.

"그러니까, 제 말은 이건 그런 추상적인 생각으로 접근할 문제가 아니라 실제적인 이득을 따져서 계산하고 처신해야 한다는 겁니다."

남궁유화는 자못 시비조로 물었다.

"계산적으로 어떻게?"

소선풍이 애써 미소로 화답하며 말했다.

"그게 아까 말했다시피 흑포사신 그자는 중용(中庸)까지는 아니라도 어디까지나 중립입니다. 게다가 같은 중립이라고 해도 장강 애들처럼 시비를 걸거나 꼬장을 부리지는 않아요. 그간 그자의 행보를 살펴보면 아시겠지만, 그자는 절대로 먼저 공격하지 않습니다. 공격을 받으면 그저 반격할 뿐이죠. 그러니……."

"잠깐!"

남궁유아가 불쑥 말을 끊으며 물었다.

"그게 무슨 개소리야? 운몽세가의 멸문은? 그건 대체 어떻게 설명할래?"

소선풍이 문득 주변의 눈치를 살피며 슬며시 그녀에게 다가와서 나직한 어조로 반문했다.

"다 아실 만한 분이 왜 이러세요? 설마 아직까지도 금안독조 반당의 말을 믿는 겁니까? 아니면 혹시 지금 저를 시험하는 거예요?"

남궁유아는 대답 대신 사내처럼 눈을 부라리며 다그쳤다.

"묻는 말에 어서 대답이나 하지?"

소선풍이 정말 싫지만 억지로 대답해 준다는 식으로 인상을 쓰며 속삭였다.

"장담하는데, 흑포사신이 운몽세가를 멸문했다는 소문은 반당의 수작입니다. 운몽세가를 불태운 것은 흑포사신이 아니라 반당이 이끄는 제사당의 소행이라고요. 물론 당연하게도 생사천의 지시에 따른 것일 테고요."

남궁유아는 처음 듣는 얘기가 분명함에도 아무런 표정의 변화 없이 물었다.

"그렇게 장담하는 이유는?"

소선풍이 대답했다.

"그날의 사건이 반당의 짓이라는 증거가 한두 개가 아니었습니다. 알고 보니 반당이, 아니, 정확히는 생사천이 두려워서 쉬쉬하고 있던 자들도 적지 않았고요."

남궁유아가 인상을 쓰며 따졌다.

"처음에는 그런 보고 없었잖아?"

"그게……."

소선풍이 잠시 머뭇거리다가 이내 될 때로 되라는 식으로 손을 내저으며 말했다.

"사실 처음에는 저도 그냥 반당의 말과 세간의 소문을 믿었어요. 게다가 그즈음 이런저런 일도 많고 해서 대충 조사해서 보고를 올렸는데, 나중에 생각해 보니 아무래도 이상하더군요. 그래서 기회를 보다가 최근에 짬이 나서 다시 조사해 봤습니다. 그랬더니 과연 그렇더군요."

남궁유아가 노인네처럼 턱을 주억거리며 지나가는 말처럼 확인했다.

"물론 아까 말한 것처럼 우연찮게 그자를 한번 만나 보고 나니 이상하다는 생각이 들었던 거겠지?"

소선풍은 이제 더는 감출 것이 없다는 듯 대수롭지 않게 수긍했다.

"예, 아무리 봐도 그럴 작자가 아니더라고요."

"그자야 그렇다고 치고……."

남궁유아가 가늘게 좁힌 눈가로 소선풍을 보며 예리한 의문을 던졌다.

"사실이 그렇다면 반당에게 혹은 생사천에게 일개 가문을 멸문시킬 정도로 독하게 굴 이유가 어디에 있지?"

"거기까지는 저도……!"

"너 잔머리 굴리다가 나중에 드러나면 내 손에 죽는다, 아주!"

"……."

소선풍이 잠시 눈동자를 이리저리 굴리다가 힘없이 한숨을 내쉬고는 손가락을 까딱여서 남궁유아를 가까이 불렀다.

남궁유아가 미간을 찌푸리면서도 얼굴을 가까이 가져갔다.

소선풍이 얼굴로 마중 나와서 그녀의 귓가에 입을 대고 속삭였다.

"믿거나 말거나지만, 당시 천마십삼보의 하나가 운몽세가의 수중에 들어갔다는 소문이 있었습니다."

남궁유아의 두 눈이 더 할 수 없이 예리한 빛을 발했다.

이제야 소선풍이 건네는 가설이 단순한 가설이 아니라는 기분이 드는 그녀였다.

당연한 반응이었다.

생사천주인 팔황신마 냉유성이 오래전부터 천마십삼보의 전설에 무섭도록 집요한 집착을 보인다는 것은 세상 사람들이 다 아는 사실이기 때문이다.

"근데, 그걸 왜 이제야 말하는 거야?"

"예?"

소선풍이 당황해서 물러나며 눈을 크게 떴다.

남궁유아는 대뜸 손을 내밀어서 물러나는 그의 멱살을 움켜잡으며 사납게 눈을 부라렸다.

"이게 요즘 좀 풀어 줬더니 아주 기강이 빠져가지고⋯⋯! 너 정말 예전으로 돌아가 볼래? 어디 한번 눈에 띄면 눈에 띄는 대로 박 터지게 굴려 봐?"

"캑캑!"

기겁한 소선풍이 숨이 막혀서 붉어진 얼굴로 손사래를 치며 사정했다.

"초, 총사님, 아니, 누님! 아니, 누나! 그, 그게 아니라⋯⋯!"

"아니긴 뭐가 아냐!"

남궁유아가 사납게 말을 자르며 거칠게 손을 당겨서 자신의 이마에 소선풍의 이마를 가져다 붙이고는 당장에 잡아먹을 듯이 으르렁거렸다.

"마지막 기회다! 뭐 하나 찌꺼기라도 남은 것이 있으면 지금 당장 불어! 나중에 알게 되면 너……! 말 안 해도 알지?"

제대로 숨을 못 쉬는 바람에 얼굴이 검붉게 변해 버린 소선풍이 다급하게 자신의 멱살을 움켜잡은 그녀의 손을 두드리며 애걸복걸했다.

"아, 알았으니까, 어, 어서 이것부터 좀……! 이, 이걸 놔줘야 말을 해도 할 거 아닙니까!"

남궁유아는 그제야 분에 겨운 감정을 애써 삭인다는 듯 시근거리며 소선풍의 멱살을 놓아주었다.

숨통이 트인 소선풍이 서둘러 호흡을 가다듬고 나서 그녀의 곁으로 바싹 붙으며 속삭였다.

"더 알고 싶은 것이 있으면 맹주님께 물어봐요. 나는 이제 알아도 모르니까."

속사포처럼 빠른 속삭임이었다.

그와 동시에 소선풍의 신형이 시위를 떠난 화살처럼 하늘로 솟구쳤다.

그야말로 사력을 다해서 도망치는 것이었다.

"저, 저놈 저거……!"

남궁유아는 하도 기가 막히고 어이가 없는지 반사적으로 소리를 지르려다가 그만두고는 실없이 웃었다.

그러다가 그녀는 이내 정신을 차리며 혼잣말처럼 중얼거렸다.

"아무려나, 할아버님은, 아니, 맹주님은 무언가 아신다는 얘기네. 그렇지?"

묵묵히 그녀의 곁에 시립해 있던 홍매가 대답했다.

"저도 그렇게 들었습니다."

남궁유아는 자못 오만상을 찡그리며 투덜댔다.

"근자에 맹주님이 적봉 어른과 진자부(陳慈富) 어른 등 몇몇 노야들과 자주 술자리를 가지셨지. 그저 그러려니 했는데, 이제 보니 그게 뭔가 꿍꿍이가 있는 자리였어."

적봉은 황칠개 또는 구지신개로 불리는 남개방의 방주이고, 진자부는 바로 남맹의 주축인 강남칠패 중 하나인 광동 진가의 실세라는 전대 가주이다.

무엇보다도 그들을 포함한 모두가 정도 문파의 존장들이라는 사실이 매우 의미심장했다.

남궁유아는 대뜸 지근거리에서 서성거리고 있는 남궁유화에게 시선을 주며 말했다.

"하나만 확실하게 해 두자. 정황상 그자는 우리가 장강만큼이나 주의를 기울여야 하는 경계 대상이다. 여차하면 죽여야 할 수도 있는데, 그래도 되냐?"

'그자'는 바로 설무백을 지칭했다.

남궁유화는 느닷없이 받은 질문이라 곧바로 그것을 깨닫지 못한 것 같았다.

뒤늦게 안색이 변해서 잠시 뜸을 들이다가 대답했다.

"……생각해 볼게."

남궁유아는 사내처럼 피식 웃으며 남궁유화를 외면했다.

"하늘이 두 쪽 나도 안 된다는 소리네."

그녀는 대수롭지 않게 즉시 손을 털고 돌아서며 강하게 명령했다.

"오늘 내가 내린 명령은 다 중지! 우선 총단으로 돌아간다!"

"젠장! 어째 일이 점점 더 꼬이는 것 같네!"

소선풍은 숨을 죽인 채 숲속 그늘에 웅크리고 앉아서 장내를 떠나가는 남궁유아 등을 바라보며 쓰디쓴 입맛을 다시고 있었다.

사실 그는 도망친 것이 아니라 도망친 것처럼 장내를 벗어났다가 다시 돌아와서 남궁유아 등의 동정을 살피고 있었던 것이다.

아무래도 찜찜한 구석이 있는데다가 못내 자신이 실수를 한 것 같아서였다.

찜찜한 구석은 설무백을 만나게 된 배경에 비접 부약운이 있었다는 사실을 밝히지 않은 것이었고, 실수라고 판단한 것은 남궁유아의 위압감에 혹은 집요함을 이기지 못하고 자리를 뜨면서 쓸데없이 맹주를 언급했다는 사실이었다.

부약운은 엄연히 남맹에 소속된 흑도방파를 주도하는 사대흑도의 하나, 흑선궁의 제자이다.

그리고 아직은 단지 그의 예상에 불과하긴 하나, 그의 사부를 비롯한 남맹의 정도 명숙들은 그들, 흑도방파들을 배제한 채 무언가 획책하고 있다.

그게 무엇을 위한 계획인지는 그도 알 수 없었다.

다만 무조건 함구하라는 사부의 당부가 그에게 그 일의 중대성을 주지시킬 뿐이었다.

결국 오늘 그는 정작 드러내야 할 것을 감추고, 감추어야 할 것을 드러내는 우를 범해 버린 것인지도 모른다.

"에이, 나도 몰라! 될 대로 되라지!"

소선풍은 심상치 않은 기색을 드러낸 남궁유아가 수하들을 이끌고 장내를 떠난 다음에야 짜증스럽게 투덜거리며 자리를 박차고 일어났다.

그는 말과 달리 일단은 설무백을 쫓아가서 만나 볼 생각이었다.

최소한 한 번 와서 난리를 피웠으면 됐지, 왜 또다시 장강을 넘어와서 이런 평지풍파를 일으키는 것인지는 알아봐야 했다.

사람의 흔적을 파악하는 추종술은 그도 자타가 공인하는 실력자일 뿐만 아니라, 그게 안 된다면 조금 귀찮고 번거롭긴 하지만 난주의 풍잔으로 찾아가면 된다.

그는 설무백에게 언제든지 풍잔을 방문해도 좋다는 특권을 부여받은 사람이었다.

'거기가 어디든 난주로 돌아가는 길목에만 애들을 풀어놓으면 되니까 다시 만나는 거야 문제도 아니지!'

그리고 자리를 떠나려다가 그는 문득 현기증을 느끼며 그대로 주저앉았다.

그런 그의 시야로 바람과 함께 홀연히 나타나는 일단의 무리가 들어왔다.

낯익은 얼굴이 뒤섞인 무리였다.

그중의 한 사람, 쌍비용자 구양수가 음충맞은 기소를 흘리며 다가서서 말했다.

"소백분(消魄粉)이라고, 그저 잠시 정신을 혼미하게 하고 내공만 흩트리는 산공독(散功毒)을 사용한 것뿐이니까 다른 걱정은 하지 마."

소선풍은 혼미한 정신 속에서 구양수의 말마따나 내공이 모이지 않는 것을 느끼며 물었다.

"왜지? 뭘 원해서 내게 이런 짓을 하는 거야?"

"별거 아냐."

구양수가 말을 자르며 주저앉은 소선풍을 밀어서 자빠트

렸다.

그리고 그의 가슴을 밟고 내려다보며 히죽 웃었다.

"우리를 그자, 흑포사신이라는 그 새끼에게 데려다주기만 하면 된다. 할 수 있지?"

무림세가武林勢家 (5)

같은 시각, 설무백과 일행은 연자림을 벗어나기 무섭게 북서방향으로 진로를 잡고 이동 중이었다.

　안휘성과 강소성의 성경계를 타고 북상하다가 사람의 왕래가 적다는 안휘성의 중동부인 마안산(馬鞍山) 자락에 붙은 작은 나루터를 통해 장강을 넘고, 안휘성의 중부를 가로질러서 하남으로 들어가려는 계획이었다.

　이건 사전에 석자문이 하오방의 연락망을 통한 탐색으로 남북의 경계가 가장 허술한 지역을 알려 준 것이었는데, 과연 틀리지 않고 정확했다.

　설무백과 일행은 비교적 느긋한 행보로 움직였음에도 불구하고 불과 한나절 만에 장강의 푸른 물줄기를 목전에 둘

수 있었다.

그러나 이상과 현실 사이에는 엄연히 보이지 않는 법이 존재하는 법이라, 세상 모든 일은 다 바라고 원한다고 그대로 이루어지는 경우가 흔하지 않다.

설무백 등의 이번 행보도 그랬다.

순탄하게 이어지던 행보가 거기 나루터에서 틀어졌다.

정확히는 예기치 않던 변수가 생겼다.

시골어촌의 나루터처럼 작은 나루터에 난데없이 포두와 포쾌, 정용들이 늘어서서 배를 타려는 사람들을 검문하고 있었다.

"돌아서 갈까요?"

"그러기에는 너무 늦은 것 같다."

설무백 등은 언덕길의 정상에 올라 있어서 비스듬한 내리막길 아래 펼쳐진 나루터를 한눈에 내려다보고 있었다.

즉, 지금 그들은 언덕의 정상에 올라 있어서 아래쪽에 있는 나루터에서도 고개만 돌리면 그들을 한눈에 볼 수 있었고, 실제로도 몇몇 포쾌들와 정용들이 그들을 쳐다보는 중이었다.

여기서 돌아서면 더욱 의심을 사게 된다.

촌구석의 외진 나루터라서 그런지 가뜩이나 이용하는 사람이 적은데다가 다들 옷차림이 추레하고 후줄근해서 지극히 평범한 그들의 복색이 오히려 매우 눈에 띄어 더욱 그럴 터이다.

"별일 있겠나. 그냥 가자."

그러나 별일이 있었다.

보통의 경우 성경계나 나루터에서 검문을 하는 포두나 포쾌, 정용들은 가급적 무림인들을 건드리지 않는 것이 불문율이었다.

무림인들을 검문해서 좋은 꼴을 보는 경우가 거의 없다는 것을, 하물며 상대가 정도 문파의 무인이라면 그나마 다행이지만, 흑도의 무인이라면 목숨이 위태로울 수 있다는 것을 그들도 익히 잘 알고 있었다.

설무백은 그런 생각으로 별반 신경 쓰지 않고 나루터로 들어섰는데, 예상과 달리 검문을 하던 포쾌가 그와 공야무륵 등을 위아래로 훑어보더니 손을 내밀었다.

"호패(戶牌 : 신분증명서), 노인(路人 : 여행 증명서)!"

설무백은 전에 없던 일이라 이채로운 눈길로 포쾌를 쳐다보았다.

그는 슬쩍 손을 내밀어서 공야무륵이 본능처럼 도끼자루를 잡으며 앞으로 나서려는 것을 막으며 묵묵히 지니고 다니던 호패를 내보였다.

포쾌가 인상을 찌푸렸다.

"노인은?"

설무백은 멋쩍게 웃으며 고개를 저었다.

호패는 습관적으로 늘 품에 지니고 다녔지만, 노인은 한 번도 발행해서 지니고 다닌 경우가 없었다.

"없소."

포쾌가 기가 막힌다는 눈치로 그를 보았다.

그때 옆에 있는 포쾌가 그보다 먼저 설무백이 건네는 호패를 확인하고는 다급히 그의 소매를 당겼다.

"야, 야!"

검문하던 포쾌가 그제야 설무백의 호패를 확인하고는 안색이 변해서 조금 떨어진 뒤쪽에 의자를 놓고 앉아 있던 포두에게 시선을 주었다.

안 그래도 이쪽을 쳐다보고 있던 포두가 재빨리 일어나서 그들에게 뛰어왔다.

그리고 포쾌가 건네주는 설무백의 호패를 확인하고는 넙죽 고개를 숙였다.

"잠시 이쪽으로 오시겠습니까?"

더 없이 정중한 태도였다.

상관을 대하는 것처럼 굽실거리며 말하고 있는데, 보통의 포두와 달리 예사롭지 않은 기도의 소유자라는 것도 이채로웠다.

설무백은 무언가 귀찮은 일과 엮인 건가 싶어서 그대로 자리를 뜨려다가 못내 호기심이 동해서 그만두며 포두의 뒤를 따라갔다.

포두는 사람들이 줄 서 있는 나루터의 입구를 벗어나서 한 쪽에 세워진 천막으로 그를 안내했다.

임시 초소로 보이는 그 천막 안에는 뜻밖에도 낯익은 사람이 자리하고 있었다.

강남칠성의 총포두인 교승 냉사무가 바로 그였다.

"왔는가? 혹시나 예상이 틀리면 어쩌나 걱정했는데, 다행히도 이쪽 길목을 택했군그래. 하하하……!"

냉사무는 예상이 들어맞아서 참으로 기쁘다는 듯 크게 소리 내서 웃고 있었다.

설무백은 못내 쓰게 입맛을 다셨다.

"이게 명포두의 직감이라는 건가요?"

냉사무가 웃음기를 지우며 그의 기색을 살폈다.

"어쩨 아주 많이 마뜩찮은 표정이네?"

설무백은 솔직하게 대답했다.

"많이는 아니지만 조금은 그렇죠. 제가 냉 포두를 만나서 좋을 일이 없으니까. 하물며 저는 지금 잠행 중입니다. 관부에서 저의 행적을 파악할 정도라면 다른 무림인들도 가능하다니 소리니, 절대 기뻐할 일이 아니죠."

"그런가?"

냉사무가 과연 그렇겠다는 표정을 지으며 수긍하고는 이내 어깨를 으쓱하며 재우쳐 말했다.

"하지만 그래도 너무 걱정은 하지 말게. 절강성에서 강북으로 넘어가는 길이 지극히 제한적이라 내가 아니라 그 누구라도 이곳을 포함한 여러 길목들을 유추해 낼 수 있을 테지만, 적어도 일천이 넘는 인원을 동원할 능력이 없다면 경계나 차단은커녕 감히 제대로 된 정찰조차 엄두도 내지 못하는 일이니까."

그는 말미에 픽 웃으며 말을 보탰다.

"나만해도 그랬어. 강남의 내륙을 돌아가지는 않을 거라는 판단 아래, 강소와 안휘, 호북 일대의 강변에 포쾌들을 쫙 깔았다네."

설무백은 가만히 고개를 끄덕여서 수긍을 표시했으나, 정말로 수긍한 것은 아니었다.

지금 그는 필요하다면 수천 아니라 수만의 인원도 동원할 수 있는 남맹의 일각을 건드리고 돌아가는 길인 것이다.

다만 그는 왠지 모르게 자신을 대하는 냉사무의 태도가 전과 달리 부드럽다는 것을 느끼는 바람에 굳이 그 점을 지적하지 않고 물었다.

"그래서 그런 수고를 아끼지 않으면서까지 저를 만나려 한 이유가 뭐죠?"

냉사무가 가벼운 헛기침으로 분위기를 바꾸며 말했다.

"자네에게 부탁이 하나 있네."

설무백은 정말 예기치 못한 말이라서 절로 눈을 멀뚱거렸다.

"부탁요?"

냉사무가 말했다.

"시간이 되면 북평에 들러서 거기 총포두인 신응 모용사관을 한번 만나 봐 주게."

신응 모용사관이라면 강남칠성의 총포두인 교승 냉사무와 더불어 또 하나의 살아 있는 전설로 통하는 강북육성의 총포두였다.

설무백은 절로 미심쩍은 기분에 사로잡혔다.

비록 대외적으로는 알려지지 않았으나, 그는 본의 아니게 모용세가와 맺은 은원이 있는 것이다.

그는 애써 침착을 유지하며 짧게 물었다.

"왜죠?"

냉사무가 적잖게 곤란하다는 미소를 지으며 대답했다.

"이유는 그를 만나서 듣게. 나와도 관계된 일이라 내 입으로 사정을 밝히는 것은 옳지 않은 것 같으니까."

설무백은 절로 예리한 눈빛을 드러내며 단도직입적으로 물었다.

"모용초의 죽음 때문인가요?"

냉사무가 웃는 낯으로 고개를 저었다.

"모용초는 분명한 죄인이고, 내가 아는 모용사관 그 친구는 사사로운 감정에 휘둘려서 대의를 저버릴 그런 사람이 절대 아닐세."

설무백은 은연중에 예리한 눈빛을 드러내며 냉사무의 기색을 살폈다.

아무리 봐도 거짓을 말하는 것 같지는 않았다.

'그게 아니라면 대체 그가 왜 나를……?'

무슨 일인지는 몰라도 모용사관에게는 더 없이 중대한 일이라는 것만큼은 틀림없었다.

일천에 달하는 포쾌를 동원해야 하는 일임을 알면서도 냉사무에게 부탁을 했을 정도니까 말이다.

"알겠습니다. 그럼 시간을 내서 그를 한번 만나 보도록 하지요."

냉사무가 자리를 털고 일어나며 정중히 공수했다.

"고맙네. 언제고 기회가 되면 신세를 갚도록 하지."

설무백은 잠시 다른 생각이 들어서 뜸을 들이며 그대로 앉아 있다가 이내 일어나서 말했다.

"혹시 그 신세, 지금 갚으면 안 됩니까?"

냉사무가 어리둥절하며 물었다.

"무슨 필요한 것이 있나?"

"필요한 것이 아니라 궁금한 것이 하나 있습니다."

"그래……? 말해 보게."

설무백은 여전히 갈피를 못 잡은 듯 보이는 냉사무의 눈빛을 직시하며 거두절미하고 말했다.

"오래전 총포두께서 무당산을 벗어나던 흑도 고수, 귀도 예충을 체포한 적이 있습니다. 기억합니까?"

냉사무가 사뭇 굳어진 안색으로 대답했다.

"기억하네. 아마도 무당마검 적현자와의 비무를 끝내고 돌아가는 길이었을 거야."

"정확하시네요."

설무백은 잘라 물었다.

"그날 어떻게 거길 온 겁니까? 어디서 얻은 누구의 정보였습니까?"

냉사무가 반문했다.

"복수를 위한 건가?"

"역시……."

설무백은 픽, 웃었다.

"저에 대해서 나름 열심히 조사했나보군요."

아니라면 복수라는 말을 할 수가 없었다.

귀도 예충이 그와 함께한다는 사실을 알고 있으니 복수라는 말을 할 수 있는 것이다.

냉사무가 인정했다.

"그냥 놀고 있지는 않았지. 자네가 워낙 무서운 인물이라는 각인이 내 머리에 새겨졌거든."

설무백은 반색한 눈치를 보이며 물었다.

"저에 대해서 얼마나 알아냈는지는 모르겠지만, 제가 한 입으로 두 말하는 사람이 아니라는 사실도 그 속에 들어 있나요?"

냉사무가 가만히 고개를 끄덕였다.

"들어 있네. 입으로 뱉어 낸 것은 거의 다 지키는 사람이더군. 그래서?"

설무백은 웃는 낯으로 말했다.

"복수 때문이 아니라는 것을 말하려고요. 믿어도 됩니다. 저는 둘째 치고, 당사자인 그분도 이미 복수라는 감정은 잊은 지 오랩니다."

"복수가 아니라면 그걸 왜 알려는 거지?"

"그저 궁금해서요. 누가 왜 무엇을 바라고 그런 정보를 흘린 건가하고…… 그런 식으로 굴욕을 당한 사람이 그분만은 아니었거든요."

"……!"

냉사무가 잠시 망설이는 기색을 보이다가 툭 하고 던지듯이 대답했다.

"혹시나 해서 말해 두지만 무당마검 적현자가 알린 건 아니네."

설무백은 못내 속으로 웃었다.

이런 말을 하는 것을 보니, 심혈을 기울였다는 그간의 조사로도 무당마검 적현자가 풍잔의 식구가 되었다는 사실은 아직 모르는 모양이었다.

"그럼 누굽니까?"

마음을 다잡은 설무백이 재촉하자, 냉사무가 새삼 뜸을 들이다가 이내 작심한 듯 입을 열었다.

그리고 설무백이 도저히 예기치 못한 이름을 뱉어냈다.

"소림의 화상으로 알고 있네."

"그렇게 알고 있다는 건……?"

"그래, 맞네. 나도 직접 만나 보지는 못했어. 어떤 꼬마가 전해 준 죽지에 그 내용이 그거였지. 나로서도 사실 여부를 확인해야겠기에 그 꼬마를 추궁했더니, 두 줄로 박힌 계인(戒印)들과 한쪽 소매 없는 가사(袈裟)를 걸치고 한 손 합장을 하는 화상이었다는 것을 알아낼 수 있었네. 다만……."

"압니다. 사정이 그러면 그마저 가짜일 수도 있겠네요."

냉사무가 긍정했다.

"나도 같은 생각일세. 작심하고 속이려들면 그 정도 변복이야 얼마든지 가능한 법이니까."

설무백은 묵묵히 고개를 끄덕였다.

하지만 전적으로 수긍하는 것은 아니었다.

단지 우연의 일치일 수도 있으나, 무당검마 적현자와의 비무에서 패해서 상처를 입고 돌아가는 천하삼기는 소림철수 홍각이 이끄는 사대금강과 십팔나한에게 제압당해서 불가해의 영역이라는 소림사의 참회동에 갇혔다.

이는 분명 확인해 볼 바가 있는 대목이라고 그는 속으로 생각하고 있었다.

"답변 정말 고맙습니다. 이것으로 총포두님의 빚은 없는 것으로 하지요."

설무백은 진심으로 감사하며 공수했다.

이제 남은 것은 냉사무와 상관없는 그의 일이라고 생각하며 작별을 고하는 것이었다.

예정에 없던 북평을 다녀오려면 조금이라도 서두르는 것이 좋았다.

그때 밖에서부터 다급한 인기척이 들리더니, 앞서 그를 안내했던 포두가 허겁지겁 천막 안으로 뛰어들어 와서 말을 더듬었다.

"저, 저기 총포두님, 밖에 약간의 문제가……!"

냉사무가 더 듣지 않고 재빨리 천막 밖으로 나섰다.

설무백은 왠지 모르게 좋지 않은 기운을 느끼며 서둘러 그의 뒤를 따라서 밖으로 나갔다.

그리고 절로 미간을 찌푸렸다.

족히 백 명이 넘는 사내들이 나루터를 점거하고 있었다.

하나같이 무복인 경장 차림에 저마다 도검을 휴대한 사내들, 즉 무림인들이었다.

그런데 그들의 선두에 나선 사내가 낯설지 않았다.

"구양수……?"

그랬다.

무리의 선두에 나선 사내는 바로 구양수였다.

그 구양수가 냉사무를 따라서 밖으로 나선 그를 발견하고는 살기 어린 눈빛을 빛내며 빠드득 이를 갈았다.

"잡았다, 이 새끼!"

강호무림에서 방귀 깨나 뀐다고 알려진 무림세가의 전력은 어느 정도나 될까?

어디 산의 주인이니, 어느 골의 패주니 하는 산채나 수채가 가진 무력은 또 얼마나 될까?

설무백은 전부터 이점에 매우 관심이 많아서 비교적 상세하게 파악하고 있었다.

그런 그의 상식으로 볼 때, 지금 나루터를 점거한 자들이 전부 다 구양세가의 무사들이라면 구양수는 그야말로 복수를 위해서 이를 바득바득 갈고 나선 것이 분명했다.

얼핏 훑어봐도 백여 명의 무사들이 전부 다 한가락 하는 일류 고수였다.

이 정도면 구양세가가 제아무리 남궁세가와 더불어 강남 무림세가의 쌍두마차라고 해도 상당한 전력을 할애한 수준이었다.

존재만으로도 가문을 욕되게 한다는 구양수의 입지를 고려해 볼 때, 그가 가용할 수 있는 무사를 총동원했다고 봐야 했다.

그러나 아무리 그래도 설무백의 눈에는 차지 않았다.

후기지수로 평가받는 구양수의 분노도 같잖아서 우습기만

한데, 고작 그 밑에서 수발을 드는 자들이 그에게 위협이 될 수는 없었다.

그래서 그는 구양수보다 그 곁에 서서 계면쩍게 웃으며 눈치를 보는 소선풍에게 더 관심을 보였다.

"네가……?"

"오해 마세요."

설무백이 제대로 묻기도 전에 소선풍이 불쌍한 표정을 지으며 다급히 변명했다.

"이래 봬도 산공독에 당한 채로 목숨을 위협받고 있는 몸입니다."

설무백은 실소했다.

"그게 자랑이냐?"

소선풍이 거듭 울상을 지으며 말을 받았다.

"자랑이 아니라 그만큼 다른 도리가 없었다는 거죠. 보다시피 이 자식 이거 아주 독기를 품었다니까요."

"아니, 이 새끼들이 정말……!"

구양수가 쌍심지를 치켜세우며 두 사람을 번갈아 보았다.

"당장 그 입 닥치지 못해!"

설무백은 악을 쓰는 구양수는 쳐다보지도 않고 소선풍의 말꼬리를 잡았다.

"거추장스러운 혹을 나한테 떠넘기려고 한 것은 아니고?"

소선풍이 선뜻 대답하지 못했다.

마치 느닷없이 폐부를 찔려서 사고가 정지한 것처럼 보였다.

뜻밖의 구원자가 우물쭈물하는 그를 구했다.

"이것들이 감히 지금 누구 앞에서 한가하게 노닥거리고 지랄이야, 지랄은! 너희들이 정말 아주 죽고 싶어서 환장을 했구나?"

구양수였다.

그는 정말로 소선풍을 죽일 것처럼 살기를 드높이며 칼을 뽑아 들었다.

설무백은 그에 따른 당연한 반응으로 앞으로 나섰다.

그러나 냉사무가 그보다 먼저 앞으로 나서며 준엄하게 소리쳤다.

"감히 국법을 봉행하는 관헌(官憲) 앞에서 살인을 운운하다니, 정녕 그대는 본관(本官)이 안중에도 없단 말인가!"

구양수가 정말 안중에도 없다가 이제야 안중에 들어온 것처럼 냉사무를 쳐다보며 짜증스럽게 물었다.

"넌 또 뭐냐?"

냉사무가 허리의 금빛 포승을 뽑아서 내보였다.

"본관은 남칠성의 총포두 냉사무다! 황제의 명을 받아 국법을 봉행하는 관헌에게 대항하는 것은 명백한 반역임을 명심하고, 어서 썩 칼을 거두어라! 괜한 호기에 불손한 언행을 저지르다간 본관의 포승을 받고 압송되어 평생을 후회하는 낭패를 면치 못할 것이다!"

구양수가 흠칫했다.

냉사무의 준엄한 언변을 떠나서 그의 정체에 놀란 기색이었다.

북육성의 총포두인 신응 모용사관과 남칠성의 총포두인 교승 냉사무는 강호무림에도 명성이 드높은 포도아문의 살아 있는 전설이었다.

이따위 촌구석의 나루터에서 관부의 전설인 냉사무를 만날 줄 그가 어찌 상상했겠는가.

설무백은 그런 구양수의 반응을 보고 나서지 않고 잠시 지켜보기로 마음먹었다.

따지고 보면 지금 그는 손님에 불고했다.

여기 나루터의 주인은 엄연히 그가 아니라 관부, 정확히는 냉사무가 이끄는 포두와 포쾌들이었다.

그런데 구양수의 놀람이나 당황은 잠시였다.

이내 마음을 다잡은 듯 안색을 굳힌 그는 독기 흐르는 눈빛을 냉사무에게 던지며 투덜거렸다.

"재수도 없지 이런 촌구석에서 귀하 같은 인물을 만나다니 말이야. 하지만 어쩌겠어. 이가 없으면 잇몸으로 산다고, 재수가 없으면 없는 대로 흘러가게 내버려두는 것도 인생의 재미 아니겠나. 흐흐흐……!"

냉사무가 삐딱한 구양수의 말투에 눈빛이 변해서 질타했

다.

"감히 국법을 봉행하는 관헌에게 반항하는 역모를 저지르겠다는 건가?"

구양수가 거듭 음충맞은 기소를 흘렸다.

"거창하게 역모는 무슨, 그런 건 나중에 따지고, 지금 기회를 주지."

그는 싸늘해진 눈초리로 나루터 주변의 포두와 포쾌, 정용들을 쓸어보며 계속 말했다.

"시간을 줄 테니까, 어서 다들 데리고 꺼져! 우리 가문의 힘이 무림보다 정관계에서 더 막강하다는 거 잘 알고 있지? 당신이 남칠성 총포두든 뭐든 깔끔하게 죽여서 처리하면 한동안 찬바람이 불어서 귀찮겠지만, 고작 그게 다야. 우리 가문의 힘으로 얼마든지 누를 수 있는 바람이니까. 아, 물론!"

그는 깜빡했다는 듯 한마디 더 추가했다.

"보다시피 여기서 귀하들을 처리할 정도의 무력도 충분하고 말이야."

냉사무의 눈썹이 꿈틀했다.

그 아래 자리한 두 눈빛은 극단적인 분노에 맞닥뜨린 사람이 그러하듯 차갑게 가라앉고 있었다.

그러고 보면 구양수는 참으로 사람을 볼 줄 몰랐다.

설무백을 만만하게 본 것은 차치하고, 냉사무가 누를수록 튕겨 나가려 하는 용수철과 같은 성정의 소유자라는 것을 전혀 파악하지 못했다.

그런데 그런 성격의 소유자는 냉사무만이 아니었다.

맹장 밑에 약졸 없다더니, 냉사무를 따르는 포두와 포쾌, 정용들도 다르지 않았다.

물론 다 그런 반응을 보인 것은 아니지만, 장내에 포진한 이십여 명 중 절반 이상이 그랬다.

그들은 구양수의 협박을 듣기 무섭게 칼을 뽑아 들며 치열한 살기를 드러냈다.

그들은 바로 강소성과 안휘성 일대에서 강북으로 넘어가는 강변의 검문을 강화하기 위해서 추가로 동원된 관헌들이 아니라 냉사무가 이끄는 기존의 정예들이었다.

그중의 한 사람, 앞서 설무백 등을 임시 초소인 천막으로 안내한 장신의 포두가 구양소를 향해 누런 이를 드러내며 빈정거렸다.

"무공은 무림인들만의 전유물이 아니지! 우리도 자기 목숨하나 제대로 관리할 정도까지는 배우고 익혔는데, 어디 한번 시험해 보겠나?"

구양수의 안색이 변했다.

분노에 앞서 몹시도 당황한 기색이었다.

설마 하니 일개 관헌 나부랭이들이 구양세가의 위명에 눌리지 않고 이렇듯 반기를 드는 것은 그도 미처 예상하지 못한 일이었다.

비록 말도 안 되는 호기를 부린 것이 아니라 사실에 입각해서 뱉어 낸 경고이긴 하나, 실제로 관헌들을, 그것도 남칠성의 총포두씩이나 되는 자를 죽인다면 나중에 그가 감당해야 할 것도 결코 가볍지 않을 것이다.

그러나 이미 호랑이 등에 올라탄 형국이었다.

여기서 그냥 물러나면 당장에 웃음거리가 되는 것은 물론, 이번 일이 그를 평생 따라다니며 그에게 수치를 줄 것이 자명했다.

물러나고 싶어도 물러날 수가 없는 것이다.

"그래 좋다! 어디 한번 갈 때까지 가 보자, 이 새끼들아!"

구양수는 씹어뱉듯 말하며 빠드득 소리나 나도록 이를 갈았다. 이제 그의 입에서 한마디 명령만 떨어지면 싸움이 시작되고, 이내 나루터가 삽시간에 아수라장으로 변해 버릴 것이다.

냉사무가 그걸 느끼고 마다하지 않겠다는 듯 준엄한 표정으로 앞으로 나섰다.

기존에 냉사무를 따르는 포두와 포쾌들도 때를 같이해서 살기를 드높였다.

설무백은 결국 더 이상 두고 보지 못하고 불붙은 장내에 찬물을 끼얹었다.

"잠깐!"

냉사무가 맥 빠진 얼굴로 설무백을 돌아보았다.

전의를 불태우며 앞으로 나서다가 느닷없이 소매가 잡혀서 멈추었으니 그럴 만도 했다.

설무백은 웃으며 손가락으로 자신을 가리키며 재우쳐 물었다.

"나 믿죠?"

냉사무가 인상을 쓰며 반문했다.

"믿으면?"

설무백은 웃는 낯으로 대답했다.

"괜히 일 크게 벌이지 말고, 무림의 일은 그냥 무림인에게 맡겨요. 나중에 후회하지 않도록 잘 처리할 테니까."

냉사무가 당최 이걸 어떻게 받아들여야 할지 모르겠다는 듯 오만상을 찡그렸다.

설무백은 그걸 허락으로 수용하며 피식 웃고는 구양수에게 시선을 돌렸다.

냉사무가 멈춘 것처럼 구양수도 정지해 있었다.

냉사무가 맥 빠진 모습이라면 구양수는 무언가 기대하는 눈치였다.

도저히 물러날 수 없는 상황이라 버티고는 있으나, 남칠성의 총포두라는 요직의 관헌이기 이전에 포도아문의 전설인 냉사무를 처리하는 것은 정관계에서 막강한 실력을 행사하는 구양세가의 핏줄인 그에게도 막대한 부담이었다.

설무백은 대번에 그것을 간파하며 물었다.

"하나만 묻자. 대체 왜 이렇게까지 하려는 거냐? 내가 너에게 무슨 억하심정을 주었다고 이러는 거야?"

구양수가 지그시 어금니를 악물며 대답했다.

"넌 내게 모욕감을 줬어!"

설무백은 정말이지 같잖다는 표정으로 구양수를 쳐다보며 쓴 입맛을 다셨다.

"그것 참 어디서 많이 듣던 얘기 같은데……."

그는 긴 한숨을 덧붙이며 말을 이었다.

"결국 그거네 그거. 금이야 옥이야 길러져서 천방지축 무엇 하나 부족함 없이 제멋대로 자란 명문대가의 철부지 귀공자가 남몰래 사모하고 있던 여자 앞에서 창피를 당하자 하늘이 무너지는 아픔을 껴안고 복수의 칼날을 갈았다는 거네. 그렇지?"

구양수의 얼굴이 대번에 볼썽사납게 일그러지며 썩은 대춧빛으로 변해 버렸다.

한 치의 어긋남도 없는 정곡을 찔린 모습이었다.

얼마나 격분했는지 그는 말조차 제대로 뱉어 내지 못하고 더듬거렸다.

"너, 너……! 너 이 새끼……!"

순간, 구양수의 곁을 지키고 있던 흑의사내 하나가 상관인 그의 심경을 대변하듯 반사적으로 날아올라서 설무백을 향해 검극을 내뻗었다.

설무백은 그걸 뻔히 보면서도 눈 하나 깜짝하지 않고 그대로 서 있었다.

그가 나설 필요도 없는 일이었다.

서걱-!

한순간 허공중에 달무리를 닮은 섬광이 그려졌다.

설무백을 노리고 날아오던 흑의사내의 목을 가로지르는 금빛 섬광이었다.

흑의사내의 머리가 허공으로 떠올랐다.

붉은 핏물이 횡선을 그리며 길게 흩어지는 가운데, 흑의사내의 몸통이 바닥으로 추락하고, 높이 떠오르던 머리가 뒤늦게 떨어져서 바닥을 데굴데굴 구르다 멈추었다.

비명은커녕 대체 누구에게 어떻게 목이 잘렸는지 알 수 없는 죽음이었다.

흑의사내의 목이 베어지는 순간에 잠시잠깐 적포를 걸친 한 사내의 모습이 나타났다가 사라지며 흐릿한 잔상을 남겼으나, 장내에서 그걸 제대로 본 사람은 백의 하나도 되지 않았다.

바로 혈영의 신위였다.

장내가 찬물을 끼얹은 것처럼 조용해진 그 순간, 설무백은 무심히 앞으로 한걸음 나서며 구양수를 향해 경고했다.

"개가 모이면 개떼일 뿐이지 호랑이나 사자가 되는 게 아니야. 그러니까 까불지 말고 진정해라. 너 하나 죽이는 거야 내게 일도 아니지만, 아직은 때가 아닌 것 같아서 참고 있을 뿐이니까."

구양수가 그게 무슨 개수작이냐는 듯 발작적으로 입을 벌리다가 그대로 멈추었다.

그리고 그제야 그도 느끼고, 보았다.

설무백의 말은 그냥 하는 말이 아니었다.

나루터를 벗어나서 한 굽이 돌아가는 장강의 출렁이는 물길에 거대한 범선의 우람한 뱃머리가 모습을 드러내고, 나루터로 접어드는 길목을 포함한 좌우측의 언덕에 수많은 사람들이 나타났다.

무슨 가죽인지는 몰라도 다들 하나같이 몸에 착 달라붙어서 물질이 자유로운 푸른색의 수복(水服)을 걸치고, 손에는 송곳보다는 크고 길지만 송곳처럼 뾰족한 아미자(蛾眉刺)를 들고 있는 사내들, 바로 장강의 수적들이었다.

그리고 이내 그들, 수적들을 헤집고 앞으로 나와서 그들을 향해 다가서는 사람은 알 만한 사람은 다 아는 장강수로십팔타의 인물이었다.

"내가 전에 얘기했지. 장강은 다른 무엇보다도 원한을 중시한다고?"

설무백을 향해 누런 이를 드러내며 득의만면해하는 그 사람은 바로 장강수로십팔타의 실세를 구성하는 장강칠옹의 한 사람, 무풍마간 백천승이었다.

"역시……!"

설무백은 절로 탄식을 흘렸다.

진작부터 심상치 않은 무리가 빠르게 접근하고 있다는 사실을 느끼고 있었으나, 애써 신경 쓰지 않았다.

당연하게도 냉사담이 주도하는 관군이거나 구양수가 배치한 도부수들일 거라고 생각해서였다.

그런데 이내 다가서는 무리가 엄청난 다수이며, 이유를 모르게 상당한 적개심을 품고 있다는 것이 느껴졌다.

냉사담의 관군이라면 적개심을 품고 있다는 것이 말이 안 되고, 구양수가 동원한 구양세가의 무사들이라면 이 정도 인원이 될 수 없었다.

예상과 달리 제삼의 세력이 나타났다는 결론인 것이다.

설무백은 그래서 행동에 나서려는 냉사무를 말렸고, 이빨을 드러내는 구양수를 억눌렀다.

앞선 그 자신의 말마따나 구양수 하나를 빠르게 처리하고 자리를 뜨는 것은 문제도 아니지만, 그로 인해 자리에 남은 냉사무 등이 다가오는 무리에게 당할 수도 있겠다는 생각이 들어서였다.

빠르게 접근하는 무리의 기세가 냉사무 등만이 아니라 구양수 등의 전력을 포함해도 감당하기 어려울 정도로 막대했기 때문이다.

아니나 다를까, 그의 예상이 적중했다.

이런 무리가 어디의 누구일까 속으로 추론해 본 결과 장강의 수적이 유력했는데, 과연 그랬다.

과거에 그에게 욕설과 저주를 퍼부으며 돌아갔던 무풍마간 백천승이 그 당시보다 더 많은 졸개들을 이끌고 나타난 것이다.

"복은 따로 와도 화는 따로 오지 않고 한꺼번에 몰린다고 하더니……."

설무백은 입맛이 쓴 기분으로 혼잣말을 중얼거리며 냉사무에게 시선을 주었다.

아무리 생각해도 지금 상황에서 가장 먼저 해결해야 할 것은 관군이었다.

"아까 내가 한 말 기억하죠?"

점점 더 살벌해지는 장내의 분위기 속에서 용케 냉정을 잃지 않고 있던 냉사무가 눈살을 찌푸리면서 확인하듯 반문했다.

"무림의 일은 무림인에게 맡겨라?"

설무백은 되물었다.

"안 됩니까?"

냉사무가 가만히 고개를 끄덕였다.

"도적놈들을 눈앞에 두고 포기하라니 자존심이 상해서 속이 쓰리긴 하지만, 그보다 중요한 게 목숨이니 못 할 것도 없지. 근데……."

잠시 말꼬리를 늘인 그는 쓰게 입맛을 나시며 주변을 둘러보았다.

"이 마당에 뭘 어떻게 해야 자네 말을 따를 수 있는 건지 모르겠군."

나루터는 구양수를 비롯한 백여 명의 무사들이 점거했고, 그 너머 사방에는 수백을 헤아리는 장강수로십팔타의 수적들이 포진해 있었다.

빠져나갈 구멍이 없는 것이다.

"제가 만들어 드리죠."

설무백은 대수롭지 않게 대답하고는 앞으로 나서며 백천승을 향해 태연히 말을 건넸다.

"어떻게 여길 알고 왔는지는 몰라도, 어째 여기 분위기가 어수선하지?"

백천승이 대답하지 않고 침묵했다.

그도 이미 어째 장내의 분위기가 묘하다는 것을 느끼며 상황 파악을 하느라 여념이 없었던 것이다.

"가는 날이 장날이었던 거야."

설무백은 백천승의 대답을 기다리지 않고 냉사무와 구양수를 소개했다.

"소개하지. 여기 이쪽은 남칠성의 총포두 냉사무, 냉 대인이시고, 저쪽은 구양세가의 차남, 쌍비용자 구양수, 구 소협이야. 두 사람 다 나를 보려고 불철주야 달려온 사람들이지."

그는 픽 웃으며 실없는 반문으로 말을 끝맺었다.

"어때? 어째 일이 꼬인 것 같지 않아?"

백천승은 입을 열지 않고 침묵했다.

애써 내색을 삼가고 있으나, 설무백의 말대로 확실히 일이 꼬여 버렸다.

어째 분위기가 묘하고 하수상한 인물들이 눈에 보인다 싶었더니, 바로 그들이 남칠성의 총포두인 냉사무와 궁양세가의 핏줄인 구양수였다.

참으로 난감한 일이었다.

포도아문의 전설이라는 남칠성의 총포두 교승 냉사무는 말할 것도 없고, 남맹의 실세 중 하나로 꼽히는 구양세가의 핏줄도 그로서는, 아니, 장강수로십팔타로서도 상대하기가 매우 껄끄러운 존재들이었다.

상상도 하지 못했던 난관에 봉착해 버린 것이다.

하지만 그럼에도 불구하고 백천승은 물러날 수 없었다.

지금 그는 하백의 명령을 받고 이 자리에 왔기 때문이다.

"그래서?"

백승천은 독하게 마음먹으며 으르렁거렸다.

"그렇다고 내가 너를 포기할 것 같으냐?"

설무백은 태연하게 고개를 저었다.

"아니. 포기하라는 게 아니라, 쓸데없이 일을 어렵게 만들지 말고 서로 편하게 순리대로 풀자는 거야."

백천승은 대체 무슨 꿍꿍이인지 모르겠다는 표정을 드러내면서도 슬며시 관심을 보였다.

"무슨 개수작을 부리려지는 모르겠다만, 서로 편하게 무엇을 어쩌자는 거냐?"

설무백은 기다렸다는 듯이 물었다.

"나를 잡아 죽이려고 온 것 같지는 않고, 대체 용건이 뭐야?"

개떼처럼 몰려오긴 했으나, 그를 죽이려고 혹은 싸우려고 온 것은 아니었다.

그랬다면 기습이든 암습이든 우선 마구잡이로 공격해서 잡아 족쳤을 터였다.

산적보다 더 거칠다는 수적들이 지금처럼 한가하게 인사부터 주고받은 것은 무언가 다른 이유가 있다는 방증인 것이다.

과연 백천승이 자못 음충맞게 웃으며 그것을 밝혔다.

"역시 여우같은 놈이라 여기가 자기 죽을 자리가 아니라는 것은 아는군. 오냐, 그래. 널 여기서 잡아 죽일 생각은 없다. 분하고 억울하나, 하백의 부름을 받은 자를 죽이면 내 목이 성치 않을 테니까."

"하백을 부름을 받았다고……?"

설무백은 손가락으로 자신의 얼굴을 가리켰다.

"내가?"

백천승이 싸늘하게 말했다.

"같이 좀 가 줘야겠다! 하백께서 너를 좀 보자신다!"

설무백은 어깨를 으쓱이며 대수롭지 않게 승낙했다.

"좋아, 같이 가도록 하지. 이 많은 사람을 보내서 만나자는데 거절하면 어디 쓰나. 예의가 아니지 그건."

그리고 덧붙여 말했다.

"대신 우선 관헌들부터 이 자리에서 빼자. 무림의 일은 무림인들끼리 해결해야지, 관헌들을 동참시키는 건 좋지 않잖아. 묵시적이나마 명색이 서로 불가침의 영역인데 말이야. 괜찮지?"

백천승이 슬쩍 냉사무를 일별하며 반문했다.

"그는 이미 동의했다는 뜻이겠지?"

냉사무가 동의했다면 자신도 수긍하겠다는 대답이었다.

남칠성의 총포두 씩이나 되는 관부의 인물을 상대하는 것은 장강의 거두인 그로서도 적잖게 부담스러운 일이라는 방증이었다.

"그야 물론이지."

설무백은 즉시 대꾸하고는 슬쩍 냉사무에게 시선을 주었다.

냉사무가 말없이 고개를 끄덕이고는 수하 포두와 포쾌, 정용들에게 눈짓을 하고 돌아서며 나직이 중얼거렸다.

"역시 자네는 위험한 인물이야. 다시는 만나는 일이 없었으면 좋겠어."

설무백은 그저 웃고 말았다.

그리고 냉사무를 필두로 나루터의 모든 포두와 포쾌, 정용들이 사라지기 무섭게 구양수에게 시선을 주며 물었다.

"자, 이제 너는 어떻게 할래? 주제 파악하고 그냥 조용히 꺼졌다가 다음 기회를 한번 노려볼래, 아니면 눈치고 뭐고 없이 무식하게 오기로 버티다가 그냥 골로 갈래?"

자리를 떠난 냉사무와 달리 내내 긴장감을 감추지 못하며 눈치를 살피고 있던 구양수가 지그시 입술을 깨물었다.

욱하는 성질에 핏대를 세우면서도 발끈해서 나서지 않는 것을 보니, 아직 주제 파악은 못 했어도 상황 파악은 한 것으로 보였다.

장강수로십팔타의 입장에서 구양세가와 척을 지는 것이 부담스러운 것처럼 구양세가도 장강수로십팔타와 척을 지는 게역시 부담스러울 것이라는 걸 모를 정도로 그는 바보가 아니었다.

설무백은 그런 그의 심정을 간파하고 한숨을 내쉬며 손을 내저었다.

"어서 가라. 마음 바뀌기 전에."

구양수가 어금니를 악문 채로 그를 노려보며 수하들을 향해 물러나라는 수신호를 보냈다.

그리고 그 역시 서둘러 장내를 떠났다.

장내를 떠나는 내내 원한에 사무친 눈빛으로 연신 설무백을 돌아보다가 끝내 참지 못하고 뱉어 낸 그의 한마디는 참으로 식상한 위협이었다.

"두고 보자!"

설무백은 어깨를 으쓱했다.

구양수 정도의 인물은 그의 눈에 차지 않았다.

그 정도의 인물은 그 어떤 원한에 사무친 욕설과 악담을 퍼부어도 그저 우스울 따름이었다.

시종일관 침묵한 상태로 그런 그의 일거수일투족을 주시하던 백천승이 문득 혼잣말로 중얼거렸다.

"당최 이게 옳은 건지 옳지 않은 건지 감을 잡을 수가 없으니……!"

설무백을 두고 하는 말이었다.

일전에 만났을 때 그의 뇌리에 어렴풋이 새겨진 설무백에 대한 평가가 오늘 이 자리를 거치면서 한결 선명해지는 바람에 드는 생각이었다.

설무백은 강했다.

무서울 정도로 강했다.

마치 무지막지한 괴물처럼 보였다.

전날처럼 직접 손을 나누어 본 것도 아니고, 그저 옆에서 지켜보기만 했을 뿐이라 노강호의 직감이라면 직감이고 늙은 이의 노파심이라면 노파심일 텐데, 이상하게 그렇게 보이고 느껴졌다.

과연 이런 괴물을 온전한 상태로 하백에게 데려가는 것이 옳은 것일까?

백천승은 판단을 내릴 수 없을 정도로 고민스러웠다.

하백의 명을 거역한다는 것은 있을 수 없는 일이지만, 그렇게 해서라도 이자를 처치하는 것이 옳다는 생각도 들고 있었다.

하백이 이자보다 약하다고 판단해서가 아니었다.

하백은 진정한 강자였다.

설무백은 그가 가진 추상적인 직감에 불과하다면 하백은 실제 그의 눈으로 확인한 괴물이었다.

백천승은 차치하고, 장강의 모든 식구들이 설령 천하십대고수의 반열에 오른 초고수라도 절대 하백을 넘어설 수는 없을 것이라고 확신할 정도였다.

백천승은 여전히 그 생각에 변함이 없음에도 걱정되었다. 못내 두려운 감정도 생겨났다.

그 자신 스스로 이해할 수 없게도, 이상하게 하백의 승리를 장담할 수가 없어서 그랬다.

'살아생전 주군과 같은 괴물은 두 번 다시 만날 일이 없다고 생각했는데……!'

백천승은 그런 생각으로 설무백을 응시하며 서서히 살기를 키워 나가다가 이내 소리 없이 한숨을 내쉬며 살기를 거두었다.

고굉지신을 자처하는 수하된 입장에서 하백의 명령을 거역할 수 없는데다가, 그를 비롯해서 지금 여기 있는 장강의 정예들이 일제히 나서서 사력을 다한다고 해도 과연 설무백을 제압할 수 있을지 의심스러웠다.

'다행히 우리 장강칠옹을 비롯해서 여러 타주들도 총타에 있으니⋯⋯!'

백천승은 머지않아 벌어질 장강지회를 준비하느라 장강칠옹과 장강수로십팔타에 소속된 여러 타주들이 총타에 모여 있음을 다행이라 여겼다.

기실 그건 그가 무의식중에 하백의 능력을 설무백의 아래로 두고 있었기 때문이나, 정작 그 자신은 그걸 전혀 의식하지 못하고 있었다.

대신에 다른 걸 의식했다.

'근데, 묘하게도 싫지 않단 말이야. 전에 나를 그냥 풀어 줘서 그런가?'

백천승이 그런 생각을 하며 본의 아니게 오만상을 찡그리며 설무백을 쳐다보자, 설무백이 슬쩍 무심한 턱짓으로 뒤쪽을 가리켰다.

백천승은 반사적으로 뒤를 돌아보고 나서야 범선의 주변을 호위하던 쾌속선 두 척이 어느새 나루터로 다가와서 정박해 있음을 알게 되었다.

그는 슬쩍 설무백을 돌아보며 물었다.

"굳이 묶을 필요는 없겠지?"

설무백이 무심하게 반문했다.

"그런 질문은 묶을 자신이 있을 때나 하는 거 아닌가?"

백천승은 비딱하게 설무백을 바라보았다.

설무백이 두 손을 붙여서 앞으로 내밀며 재우쳐 물었다.

"한번 묶어 볼 테야?"

백천승은 냉정한 눈초리로 설무백의 얼굴과 앞으로 내밀어진 그의 두 손을 번갈아 보며 잠시 망설였다.

그리고 이내 포기했다.

얼마나 많은 피를 봐야 설무백의 손목을 묶을 수 있을지 도무지 감이 오지 않았다.

더 나아가서 고작 손목을 묶는다고 해서 그게 제대로 구속한 것인지도 장담할 수도 없었다.

"일단은 초대니까 묶지는 않는 것으로 하지."

백천승은 애써 무심하게 사정을 밝히며 돌아서서 쾌속선에 올라탔다.

설무백이 그저 미소를 지었을 뿐, 문제 삼지 않고 내밀었던 두 손을 거두며 묵묵히 일행과 함께 그의 뒤를 따라서 쾌속선에 올랐다.

쾌속선이 빠르게 범선으로 향해 가고, 나루터가 주변을 에워싸고 있던 수적들이 일사불란하게 움직여서 강변을 따라 이동하기 시작했다.

강변 아래 어디쯤에는 그들이 타고 온 범선이 대기하고 있을 터였다.

장강수로십팔타의 정예들은 거기가 어디든 장강의 수로를 벗어나서 육로를 이용하는 경우가 거의 없었다.

북적거리던 나루터가 그렇듯 빠르게 텅 비워진 다음이었다.

땅거미가 지는 나루터의 한구석, 말뚝에 묶인 채 강물에 선미를 붙이고 있는 낡은 나룻배에 두 사람의 모습이 귀신처럼 홀연히 나타났다.

회색빛 낡은 마의를 포대처럼 헐렁하게 걸친 건장한 체구의 노인 하나와 그 노인의 어깨에 앉아 있는 귀엽고 앙증맞은 색동옷의 여자아이 하나였다.

사이좋은 할아버지와 손녀로 보이는 모습인데, 문득 생동옷의 여자아이가 앙증맞게 작은 손가락을 뻗어서 저 멀리 손바닥보다 작아진 범선을 가리키며 물었다.

"저 오빠지? 설무백이라는 오빠가?"

노인이 넉넉한 미소를 보이며 대답했다.

"그런 것 같다. 듣던 것보다 더 출중하게 생겨서 아주 놀랍구나."

여자아이가 작은 몸을 들썩이며 채근했다.

"저 오빠가 맞으면 빨리 따라가야지. 이러다가 놓치면 어쩌려고 그래."

노인이 너털웃음을 흘리며 대답했다.

"걱정 말거라. 이번 일에는 이 할아비만이 아니라 할아비의 친구들을 포함한 칠살(七殺)이 모두 다 나섰으니, 그럴 일은 절대 없을 게다."

색동옷의 여자아이가 도리질을 하면서 볼멘소리로 말했다.

"싫어, 싫어. 그래도 할아버지가 일 등해야지."

"아이고, 괜찮아요. 일 등을 하던 꼴등을 하던 이번 일만 성사키면 우리 칠살 모두가 자유를 얻게 되는 거란다, 아가야. 허허허……!"

"그래도 싫어. 아까 그 오빠 너무 멋지잖아. 다른 할아버지에게 빼앗기는 거 싫으니까 할아버지가 책임져야 해. 어서어서. 빨리빨리."

"허허, 녀석도 참. 알았다, 그래. 다른 늙은이들에게 빼앗기지 않도록 이 할아비가 서두르도록 하마."

노인이 귀여운 소녀의 볼멘 투정마저도 너무나 귀엽다는 듯 너털웃음을 흘리며 항복하고는 그대로 훌쩍 뛰었다.

가벼운 몸놀림, 하나 놀랍게도 노인의 신형은 낡은 나룻배

와 십여 장이나 떨어진 강변까지 날아가서 깃털처럼 사뿐히
내려서고 있었다.

가히 초절정의 경신술이었다.

장강결의長江結義 (1)

언제 어느 때부터 유래된 것인지는 모르지만, 장강수로십팔타의 총타주는 물의 신인 하백이라 부른다.

그리고 하백은 그게 계승이든 아니면 탈취(奪取)든 간에 장강수로십팔타에 속한 수채의 주인들 중에서 나와야 인정되는 것이 장강수로십팔타의 변할 수 없는 전통이자, 율법이다.

또한 하백이 되면 자기가 원래 맡고 있던 수채를 내놓고 총타로 들어가는데, 하백의 거처인 총타가 어디 있는지는 장강수로십팔타의 극비에 속해서 대외적으로도 장강수로십팔타의 향주급조차 모르는 기밀 사항이라고 알려져 있다.

그러나 장강에 발을 담그고 사는 수적이, 더 나아가서 장강과 더불어 사는 무림인이 얼마라고 그게 끝까지 기밀로 유지될 수 있을 것인가.

강호무림에는 이미 오래전부터 암암리에 소문이 돌고 있었다.

장강수로십팔타의 총타는 장강의 물길로 만들어진 중원제일호(中原第一湖)인 동정호(洞庭湖) 어딘가에 자리한 섬이며, 그 섬은 사시사철 짙은 운무에 가려져 있어서 마치 전설의 양상박(梁山泊)이 그랬던 것처럼 물길에 능한 길잡이 사공이 없으면 절대 찾아갈 수 없는 천험의 요새라는 소문이었다.

그래서였다.

설무백은 먼 길을 가야 한다는 사실을 알면서도 그다지 귀찮거나 껄끄럽지 않았다.

그의 입장에서 하백은 언제고 한 번은 필연적으로 만나야 할 사람인데, 와중에 전생에도 말로만 듣던 장강수로십팔타의 총타도 구경할 수 있게 된 것이다.

이건 그저 그에게 꿩 먹고 알 먹는다는 식의 일거양득(一擧兩得)이었다.

그러나 일은 그리 순순히 풀리지 않을 모양이었다.

장강의 물줄기를 타고 장장 사흘 동안이나 이동한 범선은 호북성의 북동부를 가로지르며 이윽고, 호북성과 호남성의 성 경계를 이루는 물길로 들어서서 저 멀리에 동정호로 들어가는 길목과 같은 악양(岳陽)의 초입을 앞두고 있었는데, 느닷없이 거기서 이름 모를 샛강으로 선수를 틀어 버린 것이다.

"혹시나 했는데, 역시나 기대를 저버리네."

뱃전에 나와 있던 설무백은 기대와 다른 범선의 진로에 절로 탄식을 흘리며 입맛을 다셨다.

이른 새벽임에도 잠에서 깨서 뱃전에 나온 이유가 무산되자 입맛이 씁쓸했다.

아마 같은 이유는 아닐 테지만, 역시나 몇몇 수하들과 함께 뱃전에 나와 있던 백천승이 그의 태도를 흘겨보며 기소를 흘렸다.

"똥 씹은 얼굴이군그래. 흐흐흐……!"

설무백은 뻔히 알고 비웃는 것이라는 사실을 알고 굳이 속내를 감추지 않았다.

"똥을 씹은 것까지는 아니어도 심히 아쉽기는 하네. 적잖게 기대했거든. 명색이 사대 금지 중 하나잖아, 장강수로십팔타의 총타가."

백천승이 안색을 바꾸며 어이없다는 표정과 눈초리로 설무백을 쳐다봤다.

"호굴로 끌려가는 것을 알면서도 이리 태연할 수 있다니, 정말이지 너의 간덩이 하나만큼은 인정할 수밖에 없겠다."

설무백은 픽 웃으며 짓궂게 물었다.

"간덩이만?"

백천승이 애써 침착하려는 듯 잠시 뜸을 들이며 설무백의 시선을 지그시 마주보다가 대꾸했다.

"그 대답은 잠시 보류하도록 하지. 간덩이가 큰 것이 지닌 바 실력에 의지한 건지 아니면 그저 부어서 그런 건지 이제 곧 자연히 알게 될 테니까."

애써 충돌을 피하려는 노력으로 보였다.

설무백은 은연중에 그걸 느끼며 더는 말꼬리를 잡지 않았다.

싸우며 정든다더니 자주 봐서 그런가, 백천승이 마냥 싫지만은 않았다.

그는 화제를 돌렸다.

"그래서 여기가 어디라는 거야?"

백천승이 그의 속내를 읽은 듯 애써 어색한 표정을 삼가며 설명했다.

"동정호의 지류 중 하나다."

설무백은 찌푸린 얼굴로 주변을 둘러보며 반박했다.

"동정호의 지류가 상강(湘江)과 자강(資江), 원강(沅江), 예강(澧江), 그렇게 네 개라는 건 나도 알고 있어. 근데, 여긴 그중 어느 것도 아니잖아."

백천승이 가소롭다는 듯 코웃음을 치며 설명했다.

"보통 다들 그렇게 알고 있지만, 사실 동정호로 들어오는 물줄기는 그게 다가 아니다. 그보다는 작으나 골라강(汨羅江)과 신장하(新墻河), 백련수(白蓮水), 잠수(涔水) 등도 엄연히 동정호에 물을 보태는 지류들이다. 여기는 그중……."

천의천의
주인

그는 저 멀리 새벽의 어스름 속에 희미하게 자리 잡은 능선을 손으로 가리키며 설명을 끝냈다.

"저기 저 상사산(想思山)에서 발원한 물줄기인 신장하이며, 바로 장강수로십팔타의 주력은 아니나 엄연히 한식구인 교룡채(蛟龍砦)의 초입이다."

설무백은 본의 아니게 눈을 빛냈다.

백천승의 말을 듣고 나니 전생의 기억 중에 누군가 알려준 장강수로십팔타의 총타에 대한 내용 하나가 뇌리에 떠올랐기 때문이다.

호북성과 만나는 동정호의 북동쪽에는 인근의 산에서 발원한 강물이 합류하는 지대가 있고, 그 지역에서 곧장 호수로 나아가다 보면 어느 순간부터 크고 작은 바위가 수면 위로 머리를 내밀고 있으며, 사시사철 안개가 깔려 있는데다가, 거의 매일 시시때때로 천둥과 번개를 동반한 폭우가 내리는 지대가 나오는데, 거기 어딘가에 장강수로십팔타의 총타가 있다는 내용이었다.

즉, 지금 설무백은 장강수로십팔타의 총타와 매우 근접해 있는 것이었다.

'집으로 부르긴 싫고, 멀리 나가긴 귀찮아서 앞마당으로 불렀다 이건가?'

그러나 설무백에게 그걸 확인해 볼 여유는 주어지지 않았다.

때마침 백천승의 설명이 끝나는 시점부터 범선이 서서히 속도를 줄이며 강변에 붙고 있었다.

비록 크진 않지만 범선이 충분히 접안할 수 있도록 꾸며진 나루터가 보였다.

새벽 어스름을 가르는 아침 햇살 아래 훤하게 드러나는 강변의 언덕을 따라 포도송이처럼 오밀조밀 달라붙은 가옥들이 눈에 들어왔다.

물길을 이용해서 배를 타고 약탈과 강도짓으로 먹고사는 수적들의 전형적인 가옥이었다.

범선이 다가서는 나루터에는 이미 적잖은 사내들이 나와서 기다리고 있었는데, 사전에 어떤 연락을 받았는지는 몰라도 하나같이 사나운 적개심을 드러내고 있는 사내들이었다.

설무백은 묻지 않을 수 없었다.

"데리러 온 애들도 그러더니, 쟤들도 그러네. 대체 나를 어떻게 생겨 먹은 날강도라고 소개했기에 다들 태도가 저모양인 거야?"

백천승이 그걸 몰라서 묻는 거냐는 듯 사납게 눈을 부라리며 대꾸했다.

"얘기했지, 장강은 다른 무엇보다도 원한을 중시한다고. 내가 아니라 네 손에 죽은 형제들의 형제들이 다른 모든 장강의 형제들에게 알린 거다. 너는 이미 장강의 모든 형제들에게 척살 대상이 된 지 오래다."

설무백은 멋쩍게 입맛을 다셨다.

지난날, 조금 심하게 손을 쓴 부분이 있어서 다른 변명의 여지가 없었다.

다만 해 줄 말은 있었다.

"다 좋은데, 덤비는 애들은 없게 해 줘. 보아하니 내가 잡혀서 끌려오는 줄 알고 더욱 기세등등한 것 같은데, 그게 아니라는 사실을 확실히 알려 주라고. 괜히 또 나나 내 수하들의 손에 피 묻히게 하지 말고."

백천승이 새삼 어처구니가 없다는 표정으로 설무백을 바라보며 혀를 내둘렀다.

호굴에 들어서서도 조금도 변함없이 당당한 설무백의 태도에 이젠 아주 질리다 못해 학을 뗀다는 태도였다.

그래서 그랬는지는 몰라도 그는 가타부타 아무런 대꾸도 없이 설무백을 외면하며 돌아섰다.

언뜻 피를 보고 싶으면 얼마든지 보라는 오기처럼 보였다.

그러나 그게 아니었다.

교룡채의 수적들이 그런 건지 아니면 장강수로십팔타의 수적들이 전부 다 그처럼 엄격하고 철저하게 통제되고 있는지는 모르겠으나, 설무백이 우려하던 일은 벌어지지 않았다.

백천승의 뒤를 따라 범선에서 하선한 설무백 등이 나루터를 벗어나는 동안, 그리고 강변을 거슬러서 이내 도착한 교룡채의 영내, 비스듬한 언덕을 끼고 다닥다닥 붙은 몇 채의 전각과 다수의 가옥들 아래로 펼쳐진 드넓은 연무상에 들어설 때까지도 수적들은 그저 적개심이 담기 눈초리로 노려보며 뒤를 따라올 뿐, 손을 쓰기는커녕 욕설 한마디 뱉어 내는 자가 없었다.

'그러고 보니……'

애초에 백천승이 이끌고 온 수적들도 그랬다.

무심히 간과하고 있었는데, 다들 강렬한 적개심과 살기를 드러내면서도 정작 손을 쓰거나 욕 한마디 뱉어 내지 않았다.

하다못해 백천승과 마찬가지로 실질적인 은원을 맺은 독갈 낭리보도 종종 원독에 사무친 눈초리로 노려보기만 할 뿐, 지금까지 그를 향해서는 입도 벙긋하지 않고 있었다.

산적보다 더 험악하다는 수적들이 이처럼 자신의 감정을 억누르며 행동하는 이유가 어디에 있을까?

장강의 율법이 엄하다는 얘기는 익히 들었지만, 그가 가진 전생의 기억 속에는 이 정도의 장강이 들어 있지 않았다.

'역시 당대 하백을 살려야 하나?'

설무백이 세상에 오직 자신만 이해할 수 있는 고민을 빠져드는 참인데, 그를 에워싼 주변에 변화가 생겨났다.

주변이 찬물을 끼얹은 것처럼 조용해지며 뒤를 따라오던 수적들이 거두를 두고 멈추었다.

연무장의 전면에 백천승을 비롯한 몇몇 향주급 수적들과 설무백과 공야무륵, 위지건 등만이 서 있게 된 것이다.

천외천의
주인

다음 순간, 그 이유가 드러났다.

연무장의 전면에 자리한 전각의 문이 활짝 열리며 백천승처럼 반백이거나 그보다 더 백발이 성성한 십여 명의 노인을 거느린 삼십 대의 사내 하나가 모습을 드러냈다.

보통의 단상보다 더 높은 전각 앞의 계단에 올라선 그 사내가 거만하게 턱을 들고 설무백을 내려다보며 물었다.

"네가 작금의 강호에서 제법 설친다는 흑포사신 설무백이라는 애송이냐?"

설무백은 이채로운 눈길로 하백의 시선을 마주했다.

장강수로십팔타의 총타주인 하백의 입에서 자신의 이름이 나왔다는 사실이 매우 신선했다.

그럴 수밖에 없는 것이 지금 그의 이름을 입에 담은 눈앞의 하백은 전생의 그가 절대 만날 수 없었던 전대의 하백이었기 때문이다.

전생의 그가 흑사신이라는 별호를 얻기도 전에 지금 그의 눈앞에 있는 하백은 영문 모를 죽음으로 귀천해 버렸었다.

설무백은 전생과 이생이 공존하는 시간에 서 있는 것 같은 이상한 기분에 휩싸여 자신도 모르게 몸서리를 쳤다.

그는 가끔 전생의 기억과 이생의 상황이 혼재 돼서 뭐가 뭔지 헷갈릴 때가 있었는데 지금 상황이 바로 그랬다.

그는 애써 이승에 사는 자신의 존재를 의식하며 눈앞의 현실에 집중했다.

하백의 모습이 시야 가득 들어왔다.

이목구비가 뚜렷한 미남자인 하백은 크지도 작지도 않은 육 척의 신장에 무엇으로 만들었는지는 몰라도 유난히 붉은 빛이 나는 가죽옷을 걸친 채 미소를 짓고 있었다.

구릿빛 피부가 강인한 느낌을 주고, 삼십 대로 보이나 사실은 사십 대 후반의 나이라는 것을 알고 있으나, 기본적으로 너무 영준한 얼굴이라서 그런지 상승의 경지에 달한 고수로 는 전혀 보이지 않았다.

그러나 설무백은 그런 이 사람이 이십 년 전인 이십 대의 나이로 전대 하백이 뜻하지 않게 주화입마를 당해서 죽는 바람에 공석이 된 장강수로십팔타의 총타주 자리를 놓고 열여 덟 명의 타주들과 피나는 싸움을 벌인 끝에 당대 하백이 되었다는 사실을 익히 잘 알고 있었다.

이른 바 반박귀진의 고수라는 뜻이었다.

설무백은 일단 적당히 상대해서 조금이나마 상대를 알아 보기로 마음먹으며 대답했다.

"그러는 너는 괜한 심술로 남북을 들쑤셔서 욕이나 처먹고 있는 장강의 하백이지?"

천강룡이라는 이름대신 물의 신으로 불리는 장강수로십팔 타의 총타주 하백은 어이가 없었다.

놀랍기 이전에 당황스러워서 화도 나지 않았다.

'이놈은 지금 자신이 어떤 처지에 놓였는지 전혀 인식하지

못하는 건가?'

이렇게 생각하는 사람은 그만이 아니었다.

장내의 모든 사람들이 그랬다.

하백이 밖으로 나선 순간부터 장내는 물이라도 뿌린 것처럼 고요해서 장내에 있던 거의 모든 사람들이 설무백의 당돌한 대꾸를 정확히 들었고, 그에 대한 당연한 반응으로 대번에 분노한 기류가 일어나고 있었다.

특히 하백의 뒤에 시립한 노인들은, 바로 무풍마간 백천승을 제외한 장강칠웅의 나머지 여섯과 총타의 요인들, 그리고 장강수로십팔타의 상위 여덟 수채의 주인인 타주들은 그보다 더했다.

다들 심중의 분노가 용암처럼 비등한 듯 푸른빛이 감도는 눈초리로 설무백을 잡아먹을 듯이 노려보았다.

당장이라도 분연히 달려들어서 설무백을 때려죽일 것 같은 기세였는데, 정작 그러지 않는 것은, 아니, 그러지 못하는 것은 순전히 하백의 면전이었기 때문일 것이다.

인솔자로서 설무백의 옆에 서 있던 백천승의 경우는 아예 도를 넘어서 그야말로 새파랗게 질린 표정으로 입도 벙긋 못한 채 몸 둘 바를 모르고 있었다.

매사에 거침없는 설무백의 성정을 모르는 바는 아니나, 설마하니 하백을 상대로 이렇듯 오만불손하게 굴 줄은 정말 예상치 못했기 때문이다.

그러나 정작 당사자인 설무백은 아무렇지도 않았다.

싸늘하고 험악한 장내의 분위기를 느끼지 못할 리 만무함에도 오히려 시큰둥하게 하백을 바라보며 어깨를 으쓱였다.

그리고 실로 어처구니없게도 태연자약하게 하백의 대답을 재촉하고 있었다.

하백은 흥미로운 기색으로 설무백을 요리조리 살피며 물었다.

"너의 그 객기는 숨죽이고 있는 졸개를 믿어서냐 아니면 다른 어딘가에 숨겨 둔 졸개들이 더 있어서냐?"

설무백은 자못 감탄했다는 듯 이채로운 눈초리로 하백을 쳐다보았다.

어느 정도 예상은 했지만, 실제로 하백이 암중의 혈영 등을 파악하자 절로 감탄하게 되었다.

여태 암중에 웅크린 혈영 등의 존재를 이처럼 가볍게 파악한 인물은 무당마검 적현자밖에 없었다.

"과연 이름값은 하네?"

설무백은 진심으로 칭찬하며 손가락을 튕겼다.

경쾌한 딱 소리와 함께 고도의 은신술로 암중에 도사리고 있던 네 사람, 혈영과 흑영, 백영, 사도가 그의 측면에서 한 무릎을 꿇은 채 고개를 숙인 모습으로 유령처럼 홀연히 나타났다.

가뜩이나 험악하던 장내의 분위기가 완전히 살벌하게 얼

어붙어 버렸다.

안절부절 못하며 눈치를 보고 있던 백천승마저 해연히 놀라며 싸늘해진 기색으로 물러나서 설무백을 경계했다.

나름 품은 일말의 호감이 완전히 사라진 것처럼 설무백을 노려보고 있었다.

설무백은 그에 아랑곳하지 않고 하백을 쳐다보며 새삼 어깨를 으쓱해 보였다.

"이 정도가 다인데, 아직도 뭐가 더 있을까 봐 걱정되나?"

하백이 모습을 드러난 혈영 등과 상관없이 한 방 맞은 표정을 지었다.

"뭐야, 지금? 내가 지금 걔들이 걱정돼서 이러고 있다고 생각하는 거야?"

"아니면?"

설무백은 기다렸다는 듯 따졌다.

"손님을 초대했으면 마땅히 안채로 모시고 대접을 해야지 이렇게 예의도 없이 마당에 세워 놓고 대체 뭐 하자는 수작이야?"

하백이 삐딱해진 고개로 습관처럼 턱을 만지며 설무백을 예리하게 살펴보다가 슬며시 들어 올린 손가락을 자신의 관자놀이에 대고 돌리며 말했다.

"너 또라이지? 맛이 좀 갔지?"

뜬금없이 흘러나온 속된 말을 듣고도 설무백은 태연하게

반문했다.

"그러는 너는 멀쩡하냐?"

하백이 어깨를 으쓱이며 두 손바닥을 내보였다.

"내가 뭐 어때서?"

설무백은 너만 보지 말고 주변을 둘러보라는 의미로 두 팔을 좌우로 펼치며 비웃었다.

"어떻긴 뭐가 어때? 명색이 장강의 지배자니, 물의 신이니 하며 갖은 꼴값은 다 떨면서 정작 적인지 뭔지는 몰라도 신경 쓰이는 상대가 나타나니까 수하들을 잔뜩 불러 뒷전으로 물러나 앉아서 위세나 떠는 비겁한 얌생이로 보이잖아."

하백이 하하 소리 내서 웃었다.

그리고 이내 거짓말처럼 웃음기를 지우며 가소롭다는 듯이 설무백을 바라보았다.

"그러니까, 괜한 주접떨지 말고 사내면 사내답게 어디 한번 일대일로 붙어 보자, 뭐 이거 같은데…… 너는 내가 그따위 격장지계(激將之計)에 넘어갈 바보로 보이냐?"

설무백은 실소하며 되물었다.

"이유야 어쨌든 혼자서 나를 대적해 보는 것은 겁나서 싫다는 소리네?"

"당연하지!"

하백이 대뜸 인정하며 덧붙였다.

"일단 싸우면 이기든 지든 상처를 피할 수 없고, 여차저차

실수해서 지기라도 하면 크게 다치는 것은 둘째 치고, 망신살이 하늘 끝 땅 끝까지 뻗칠 텐데, 이 마당에 내가 그 짓을 왜 하겠냐?"

"이 마당이 어떤 마당인데?"

"몰라서 물어? 눈 한 번 질끈 감고, 손가락 한 번 까딱하면 일천의 수하들이 나서서 너를 잡거나, 적어도 잡을 수 있도록 노글노글하게 만들어 버릴 수 있는 마당이지. 흐흐흐……!"

설무백은 절로 말문이 막혀 버렸다.

천하의 하백이 스스로 겁쟁이를 자처하며 이런 식으로 나올 줄은 정말이지 꿈에 예상하지 못한 일이었다.

'이런 작자였나?'

지금 하백은 전생의 그도 만나 본 적이 없던 과거의 인물이라 정확한 내력은 알지 못하고 있었다.

얼핏 괴팍한 성격의 괴짜라는 소문을 듣기는 했으나, 무림인들 중에 괴팍하지 않고 괴짜 아닌 사람이 어디 한둘인가 싶어서 그다지 깊게 생각하지 않았다.

그런데 이제 보니 정말로 괴팍하고 괴짜라는 소문이 나도 좋을 인간이었다.

세상이 아무리 요지경 속과 같아도 일개 방파의 우두머리씩이나 되는 사람이 자기 입으로 자기가 겁쟁이임을 인정하는 괴짜는 절대 흔하지 않는 것이다.

설무백은 혹시나 해서 한 번 더 확인했다.

"너 그거 진심이냐?"

"진심이지 않고!"

하백이 당연하다는 듯 경망스럽게 대답하고는 자랑하듯 가슴을 치며 덧붙였다.

"사람이 철면피를 쓰고 부끄러움을 모르는 경지에 들어서면 천하무적까지는 아니어도 적수를 찾기 어려운 정도까지는 강해지지. 이 몸이 바로 그 경지시다. 음하하하……!"

설무백은 그야말로 졌다는 말을 뱉어 낼 뻔했다.

살다 살다 이런 인간은 또 처음 보았다.

그는 겨우 내색을 삼가며 한 번 더 찔러 보았다.

"너무 비겁하다는 생각 안 드냐?"

하백이 웃는 낯으로 아무렇지도 않게 대꾸했다.

"비겁하면 어때서? 비겁하지 않으며 누가 내게 밥 먹여 주냐? 아니, 그런 거 저런 거 다 떠나서, 너는 지금 내가 뭐라고 생각하는 거냐?"

그는 어이가 없다는 듯 웃는 낯으로 새삼 자신의 가슴을 두드리며 자신의 질문에 스스로 답했다.

"나 수적이야. 그것도 수적들의 두목이야. 수적이 뭔지는 알지? 물에서 사람들을 위협해서, 때론 죽이기도 해서 약탈을 하는 도적놈의 새끼라고. 그런 도적놈의 새끼들의 두목으로 사는 내게 비겁하다는 말이 어디 가당키나 하냐?"

설무백은 절로 픽 웃었다.

뻔뻔하게 자신의 처지를 있는 그대로 내세우는 하백의 태도가 어쩐지 싫지 않았다.

너무나도 노골적으로 현실의 이득을 따져서 조금 얄밉긴 하나, 따지고 보면 약육강식, 적자생존이 바로 강호에 사는 무림인의 철칙이 아니던가.

그래서였다.

조금은 경망스럽고 그보다 더 불량스러운 모습도 있어서 적잖게 얄밉긴 하지만 나름 매력이 있는 사람이라는 것이 하백에 대한 그의 결론이었다.

"좋아, 인정. 수적이 수적같이 산다는데 내가 상관할 바 아니지."

설무백은 가볍게 고개를 끄덕이며 하백의 말을 수긍하고 재우쳐 물었다.

"그럼 이제 그런 수적의 두목이 나를 보자고 한 이유나 좀 들어 볼까?"

하백이 거짓말처럼 싸늘해져서 대꾸했다.

"정말 몰라서 묻는 거야, 아니면 그냥 모르는 척하는 거야? 네가 우리 장강의 일을 방해했잖아. 너 때문에 내가 애지중지 하던 보물을 훔쳐 간 도둑놈을 놓쳤다고 하니, 당연히 책임을 물어야지."

그는 싸늘한 미소를 입가에 그리며 말을 덧붙였다.

"우리가 다른 놈을 방해하는 건 기쁘게 생각해도 다른 놈이 우리 일을 방해하는 건 아주 극도로 싫어하거든."

설무백은 어련하겠는 듯 웃으며 물었다.

"어떻게 책임을 물 건데?"

하백이 습관처럼 삐딱해진 고개로 설무백을 주시한 채 턱을 주억거렸다.

"처음에는 같은 패거리인가 했는데, 그건 아닌 것 같고. 그저 재수 없게 마주쳐서 일이 꼬인 것 같으니 쉬운 걸로 가지."

그는 대뜸 허리에서 칼을 뽑아서 설무백을 향해 던지며 말을 끝맺었다.

"기분이다. 손모가지 하나로 만족하마. 잘라라."

칼이 누가 손으로 들고 오는 것처럼 두둥실 날아와서 설무백의 발치에 꽂혔다.

설무백은 무심하게 그 칼을 일별하며 물었다.

"너 이거 일단 한번 지르고 보는 거지?"

하백이 얄궂은 미소를 지으며 경망스럽게 도리질을 했다.

"아닌데? 진심인데?"

공야무륵이 더 이상 참지 못하고 양손에 도끼를 뽑아 들며 앞으로 나섰다.

"죽일까요?"

위지건이 기민하게 공야무륵의 옆에 붙었다.

측면에 줄지어 한무릎을 꿇고 있는 혈영과 흑영, 백영, 사도가 고개를 쳐들며 살기를 드러냈다.

당연한 반응으로 뒤쪽에 모여서 대기하던 수적들이 일제히 도검을 뽑아 들었다.

하백의 옆과 뒤에 시립한 장강의 요인들도 하나같이 동시에 저마다의 병기를 잡거나 혹은 뽑아 들고 있었다.

살기가 비등했다.

눈 하나 깜짝할 수 없는 살기의 압박감이 장내에 있는 모든 사람의 어깨를 무겁게 짓눌렀다.

설무백은 그 와중에 아무렇지도 않게 슬쩍 손을 들어서 공야무륵 등의 기세를 누르며 하백을 향해 메마른 미소를 드러내 보였다.

"네가 비겁하든 말든 하고 싶은 거 다하며 살아왔다면 나역시 남의 생각을 그다지 중요하게 생각하지 않고 내 멋대로 살아왔어. 결국 피를 봐야 한다는 소린데, 솔직히 말해서나는 너와 싸우기 싫다. 너를 죽이고 싶지가 않아. 나는 그런데……."

잠시 말꼬리를 늘인 그는 한순간 눈빛이 변해서 하백을 직시하며 질문했다.

"너는 어때? 솔직히 나 감당할 수 있겠냐?"

설무백은 지닌 바 전신의 내공을 드러내며 말했다.

그만큼 그는 하백과 싸우고 싶지 않았다.

보다 솔직히 말하면 그냥 죽여 버리기에는 아까웠다.

"……!"

하백은 그런 설무백의 모습을, 분명 능선으로 그늘진 자리
인데 마치 동녘으로 치솟은 태양을 반사하는 것처럼 은은하
게 빛나는 육체와 유리구슬처럼 희뿌옇게 변했다가 점차 푸
른빛으로 물들고 이내 다시 이글거리는 백광으로 바뀌어서
불꽃을 튀기는 그의 두 눈빛을 눈 한 번 깜짝하지 않고 마주
바라보았다.

그러다 그는 절로 고개를 저었다.

절대 그럴 수 없을 것 같다는 부정이었다.

그의 입장에서 설무백은 속된 말로 족보도 없이 갑자기 나
타난 자에 불과했으나, 그런 자가 하는 말인데도 믿을 수밖에
없는 것이 하나 있었다.

그건 바로 자신을 죽이고 싶지 않다는 설무백의 말이었다.

하백은 지금 마주한 설무백의 두 눈에서 정말로 자신을 죽
일 수 있을 것 같은 기운을 느낄 수 있었다.

지금 장내에 있는 그 누구도 이루지 못한 고도의 경지에 오
른 그들에게 있어 지금의 상황은 그저 단순한 눈싸움이 아니
라 경우에 따라서는 능히 상대방의 자아를 파괴할 수도 있는
기의 대결과 같았기에 가능한 일이었다.

그리고 그는 또 느꼈다.

그는 애써 마주하고 있는 설무백의 눈빛에서 자신의 숙원
인 경지를 발견한 것 같은 기분이 들었다.

실로 사실인지 아니면 경계와 두려움이 불러온 의심인지는

모르겠으나, 오직 뜻만으로 사람을 다치게 할 수 있다는, 그래서 결국 뜻만으로 사람을 죽일 수 있는 경지도 불가능하지 않다는 의기발현(意氣發顯)의 의형상인(意形傷人)과 이심즉살(以心卽殺)이라는 의형살인(意形殺人)의 경지가 바로 그것이었다.

감당할 수 없었다.

실로 목숨을 걸고 나서도 감당하기 어려울 것 같았다.

그는 사력을 다해서 마음을 다잡고 심호흡으로 정신을 가다듬으며 말했다.

"술 한 잔 같이할래?"

자리가 교룡채의 전각 중 하나인 내부로 옮겨졌다.

아침인데도 창문마다 두꺼운 휘장이 드리워져 있고, 사방에 등불을 밝혀 놓은 대청이었다.

하백과 설무백은 대청의 중앙에 놓인 아담한 팔선탁(八仙卓)에 마주 앉았다.

하백의 뒤에는 장강수로십팔타의 타주들 중 여덟 명과 총타의 몇몇 요인들, 그리고 백천승을 비롯한 장강칠옹이 줄지어 시립했고, 설무백의 뒤에는 공야무륵과 위지건을 위해서 모습을 드러낸 혈영 등 네 사람이 시립했다.

아직 서로 간에 통성명도 하지 않아서 다들 어색한 분위기였으나, 그걸 내색하는 사람은 없었다.

다들 무심하려 애쓰는 모습으로 자리를 지키는 모습이었다.

이윽고 두 사람, 하백과 설무백이 마주한 팔선탁에 술과 음식이 차려졌다.

시간상 매우 서둘러 준비했을 텐데도 제법 다양한 요리를 마련한 술상이었다.

하백이 술병을 들어서 설무백의 술잔에 술을 따라 주고 자신의 술잔도 채웠다.

이내 술병을 내려놓은 그는 자신의 술잔을 들며 말했다.

"비싼 거야."

설무백은 말없이 술잔을 들어 보이고 나서 단숨에 들이켜고는 절로 미간을 찌푸렸다.

무슨 술인지는 몰라도 목을 태울 것처럼 뜨겁게 만드는 독한 술이었다.

하백이 술잔을 손에 든 채로 설무백의 뒤에 시립한 공야무 륵 등을 쳐다보며 히죽 웃었다.

"네 수하들, 문제 있는 거 아니냐? 내가 술에 독이라도 탔으면 어쩌려고 저리 다들 태연하게 지켜보고만 있는 거야?"

설무백은 무심하게 반문했다.

"탔냐?"

"글쎄……?"

하백이 삐딱한 고갯짓과 동시에 들고 있던 술잔을 보란 듯이 내려놓으며 속을 모르게 웃었다.

누가 보아도 의심이 가는, 아니, 노골적으로 의심을 하라고 하는 행동이었다.

그러나 그런 그의 태도를 보고도 설무백의 뒤에 시립한 공야무륵 등은 조금의 변화도 없이 무심했다.

설무백은 한술 더 떠서 빈 술잔을 내려놓고 술병을 들어서 스스로 술을 채우고는 하백을 쳐다보았다.

어서 마셔라, 이번에는 내가 한 잔 따라 주겠다는 시늉이었다.

그 상태로, 그는 말했다.

"문제가 있는 것이 아니라 날 잘 아니까 그러는 거야. 독(毒) 따위로 죽을 인간이 아니거든, 내가. 만독불침(萬毒不侵)이라고 들어 봤지?"

하백이 이걸 믿어야 할지 말아야 할지 모르겠다는 듯 오만 상을 찡그렸다.

설무백은 심드렁하게 채근했다.

"안 마실 거야?"

하백이 무언가 뜻대로 안 풀려서 못마땅한 빛으로 설무백을 쳐다보면서도 단숨에 술을 들이켜고 빈 술잔을 내밀었다.

역시 독에 대한 얘기는 설무백 등을 떠보려는 농담이었던 것이다.

설무백은 하백이 내민 술잔에 술을 따라 주고 술병을 내려 놓으며 싱긋 웃었다.

"사실 나 시간이 그리 많지 않아. 여긴 정말 예정에도 없이 왔거든."

사실이기도 했지만, 그에 앞서 괜한 시간 끌지 말고 이제 그만 본론을 꺼내라는 채근이었다.

하백이 제대로 알아들은 듯 가만히 고개를 끄덕이더니, 불쑥 손가락을 튕기며 말했다.

"그거 가져와 봐."

설무백이 아니라 자신의 뒤에 시립한 사람들에게 하는 말이었다.

그들 중, 장강칠옹에 속하지도 않고, 수채의 주인인 타주도 아닌 반백의 청의노인 하나가 놀란 기색으로 고개를 내밀며 반문했다.

"그거라시면……?"

하백이 눈살을 찌푸렸다.

"또 그런다. 내가 왜 지금 여기서 저 친구를 만나고 있는지 몰라서 그래? 알면서 왜 물어?"

청의노인이 곤혹스러운 표정을 지었다.

"하나, 그 물건은……!"

"쓰……!"

하백이 혓소리를 내서 청의노인의 말문을 막고는 자못 짜증스럽다는 태도로 면박을 주었다.

"노자량(路子良) 너는 거슬리는 게 한두 가지가 아니지만, 특히나 말이 너무 많은 게 가장 거슬려. 명색이 내가 상관인데 가끔은 토 달지 말고 그냥 따라 주면 안 되겠니? 이 빌어먹게도 싸가지 없는 놈아!"

설무백은 이채로운 눈길로 청의노인을 바라보았다.

이제 보니 청의노인은 하백의 모사(謀士)이자, 장강제일의 책사로 알려진 신기서생(神機書生) 노자량이었던 것이다.

"아, 예, 뭐…… 그러지요."

노자량이 찔끔해서 자라목을 하며 곁에 있던 장강칠웅 한 사람, 음풍노사(陰風老士) 황무(黃戊)의 소매를 잡아끌며 서둘러 밖으로 나갔다.

하백이 마뜩찮은 표정으로 화풀이를 하듯 술 한 잔을 비우며 설무백을 향해 멋쩍게 웃었다.

"이해하게. 우리 애들은 자네 애들하고는 조금 달라서 조금 버릇이 없긴 한데, 저놈은 유독 심해."

설무백은 하백의 술잔을 채워 주고 술잔을 들며 한마디 했다.

"보기 좋군."

하백이 술잔을 들지 않고 인상을 쓰며 설무백을 보았다.

설무백은 아무렇지도 않게 자신의 술잔도 채우고 나서 술잔을 들며 피식 웃었다.

"진심으로 하는 말이야. 내게도 그런 수하가 있어서 잘 알 거든."

"그래……?"

하백이 그제야 안색을 바꾸며 술잔을 마주쳤다.

그들 사이에서 그렇게 몇 순배의 술잔이 돌았을 때, 노자 량과 황무가 돌아왔다.

이채롭게도 앞뒤로 선 그들의 어깨에는 관(棺) 하나가 들쳐 메져 있었다.

그런데 더욱 이채로운 것은 그 다음에 벌어졌다.

노자량과 황무가 들고 온 관을 바닥에 내려놓고 뚜껑을 열 자 설무백의 눈에 들어온 것은 전혀 낯설지 않은 주검이었다.

아는 얼굴이라는 것이 아니었다.

손발이 잘리고, 어깨와 허벅지가 끊어진 상태로 몸통이 두 개로 분리되었으며, 목이 엿가락처럼 돌아가서 머리가 떨어 져나간 죽음의 형태도 낯설지 않았지만, 무엇보다도 두 눈과 얼굴의 반을 가린 철면이 낯익었다.

'철면 강시!'

그렇다.

지난날 설무백 등이 후군도독 등평의 저택에서 만났던 철 면 강시였다.

당시 그들이 처치했던 방법과 유사한 방법으로 죽음을 당 한, 아니, 동작 불능의 상태로 변한 철면 강시가 지금 관 속에 담겨 있는 것이다.

하백이 관심을 보이는 설무백의 기색을 조심히 살피며 물었다.

"뭔지 아는 눈치네?"

설무백은 솔직히 대답했다.

"최근의 일이야. 우연찮게 알게 됐지."

하백이 눈을 빛내며 추궁했다.

"어디서? 어떻게?"

설무백은 냉정하게 말을 잘랐다.

"뭐야? 내게 설명해 주려고 보여 준 거 아니었어?"

"아……!"

하백이 무심결에 성마르게 굴었던 자신의 실태를 깨달은 듯 멋쩍은 표정을 지었다.

"그래, 그랬지 참. 미안."

사과를 하며 자리에서 일어난 그는 발끝으로 톡톡 관을 차며 설명했다.

"안다니까 설명이 쉽겠네. 몇 개월 전에 얻은 물건이야. 새벽에 남몰래 장강을 건너던 작은 판옥선(板屋船)에 실려 있었는데, 너도 알다시피 강시다. 그것도 요즘에 볼 수 없는 고도의 수법으로 만들어진 강시지. 내가 이놈 하나 잡아 죽이려고 얼마나 많은 피를 본 줄 아냐?"

그는 다시 생각해도 치가 떨린다는 듯 두 눈으로 불을 토

하며 말을 이었다.

"얘기하기도 쪽팔리지만, 자그마치 삼백 명이 이상이 죽고, 사백 명 이상이나 크게 다쳤다! 판옥선에 타고 있던 애들도 제법 무공깨나 익혔지만, 거의 다가 이 한 새끼에게 당한 거야!"

그나마 그것도 철면 강시가 물속에서 둔하고, 다행히도 인근에서 벌어진 일이라 그와 칠웅이 나설 수 있었기에 망정이지 안 그랬으면 얼마나 더 많이 죽고 다쳤을지 정말 계산이 안 된다는 것이 그가 덧붙인 설명이었다.

그는 그런 설명을 하다 보니 절로 화가 치밀어서 관을 톡톡 걷어차던 발끝에 자신도 모르는 힘이 들어간 것 같았다.

와작-!

제법 단단한 목재로 보이는 관이 깨지며 그의 발이 발목까지 파묻혔다.

이런 일이 자주 있었던 것 같았다.

처음부터 위태로운 눈초리로 바라보던 노자량이 역시나 그렇지 하는 표정으로 깊은 한숨을 내쉬었다.

"어휴……!"

하백이 애써 태연하게 노자량의 태도를 무시하며 관에 박혀든 발을 빼내고는 설무백을 향해 계속 말했다.

"아무튼, 너를 보려고 했던 것이 그래서야. 물론 네가 이렇게 순순히 초대에 응할 줄은 몰랐지만 말이야. 백 노인에게 너에 대한 얘기를 들었을 때, 나는 네가 이 물건과 관계가 있지 않나 의심했거든."

"왜?"

설무백은 묻지 않을 수 없었다.

전혀 논리적으로 들리지 않는 얘기였다.

"대체 무슨 연결고리가 있어서?"

하백이 당연하다는 듯이 대답했다.

"대체 어디서 난 줄 모르게 뜬금없이 나타났고, 더럽게 강하다는 측면에서, 그리고 남몰래 장강을 오가고 있었잖아."

설무백은 어이가 없었다.

"고작 그걸로?"

하백이 언성을 높였다.

"고작 그거라니? 네가 철갑교를 일격에 때려죽였잖아! 철갑교 정도의 아이를 그렇게 할 수 있는 건 아무리 생각해도 이 강시 새끼밖에 없다고!"

"그래, 그럴 수도 있지."

설무백은 참으로 단순한 계산이라는 생각을 지울 수 없으나, 쓸데없는 얘기만 길어질 것 같아서 더는 따지지 않고 인정하며 말문을 돌렸다.

"그럼 이제 말해 봐. 아니다 싶었으면 그냥 넘어가도 됐는데, 굳이 그걸 내게 보여 준 이유가 뭐야?"

하백이 대뜸 예리하게 변한 눈초리로 쳐다볼망정 굳이 감추지 않고 대답했다.

"이 강시 새끼와는 관계가 없다 싶긴 한데, 다른 쪽으로 의심이 들어서."

이건 또 예상치 못한 의외의 대답이었다.

"어떤 다른 쪽?"

하백이 깊게 가라앉은 눈초리로 설무백의 시선을 마주하며 대답했다.

"분명 관계가 없는데 비슷해 보이거나 가깝게 느껴지는 경우가 있어. 동전의 양면처럼 서로 반대편에 있으면 그렇게 되지. 처음에는 말 그대로 혹시나 했는데, 네가 이 강시 새끼를 아는 것을 보니 과연 내 짐작이 옳구나 싶다."

그는 보란 듯이 두 눈을 게슴츠레하게 뜨고 설무백을 바라보며 재우쳐 물었다.

"너 이 강시 새끼들하고 적이거나 적어도 찾아다니고 있었던 거지? 맞지? 그렇지?"

설무백은 새삼스러운 눈초리로 하백을 바라보았다.

분명 강하게 보이면서도 무언가 부족하게 느껴지는 면이 있다고 생각했는데, 결국에는 그런저런 겉모습 뒤에 의외로 날카로운 두뇌가 움직이는 사람인 것일까?

대충대충, 설렁설렁 말하는 것 같으면서도 단순히 눈치를 봐서 넘겨짚은 것이라고 보기 어려울 정도로 예리한 구석이 있지 않은가 말이다.

과연 사람은 눈으로 보고 느껴지는 인상만으로 판단해서는 절대 안 된다.

사람이 가진 내면의 깊이를 파악하려면 그 누구도 직접 겪으며 느껴 봐야 하는 시간이 필요한 것이다.

"그래, 제대로 봤다."

마음을 다잡은 설무백은 굳이 부정하지 않고 하백의 뒤에 시립한 장강의 요인들을 일별하며 제안했다.

"다만 그걸 제대로 얘기하려면 아무래도 우리 둘만의 자리가 필요할 것 같은데, 괜찮겠어?"

하백이 기꺼이 승낙했다.

"어려울 것 없지."

설무백은 가만히 고개를 끄덕이며 공야무륵 등을 돌아보며 명령했다.

"잠시 밖에서 기다려."

다들 군소리 하나 없이 밖으로 향했다.

하백이 뒤를 돌아보며 말했다.

"뭐 해? 어서 나가지 않고?"

모두가 선뜻 움직이지 않고 서로 눈치를 보는 가운데, 노자량이 모두를 대표하듯 곤혹스러운 표정으로 나서며 말했다.

"아무리 그래도 단둘이만 자리하는 것은……!"

"아씨……!"

하백이 대뜸 눈을 부라리며 말을 끊고는 울지도 웃지도 못하겠다는 표정으로 속삭였다.

"정말 이럴래? 내가 죽는 것보다 쪽팔리는 게 더 싫다고 했어 안 했어?"

노자량을 비롯한 장강의 요인들 모두가 그제야 어쩔 수 없다는 듯 허겁지겁 발길을 서둘러서 밖으로 나갔다.

그리고 대청의 문이 닫혔다.

그런데 두 사람, 하백과 설무백만 남겨 두고 모두가 다 밖으로 나갔다고 생각했으나, 실제는 그렇지가 않았다.

한 사람, 공야무륵이 문가에 서 있었다.

모두가 다 밖으로 나가자 곧바로 문을 닫은 사람이 바로 그였다.

하백은 그걸 느끼고 돌아보고 나서 어리둥절한 눈빛으로 설무백을 바라보았다.

설무백이 쓰게 입맛을 다시며 변명했다.

"아, 미처 얘기를 못했네. 쟤는 원래 이런 건 내 말을 안 들어. 내게서 떨어지느니 차라리 죽겠다는 애니까 한 번만 그냥 넘어가 주라. 응?"

이게 무슨 소린가 하던 하백은 문 앞에 팔짱을 끼고 서 있는 공야무륵을 살피고는 이내 깨달았다.

공야무륵의 강렬한 눈빛과 굳건한 기세는 정말이지 죽으면 죽었지 절대 설무백의 곁에서 떨어지지 않겠다는 불굴의 고집이 드러나 보였다.

하백은 그걸 읽기 무섭게 벌레를 씹은 표정으로 감탄 아닌 감탄을 뱉어 냈다.

"더럽게 부럽네, 씨X!"

장강결의長江結義 (2)

설무백이 주변을 물린 이유는 두 가지였다.

우선 그는 어떤 식으로든 황궁과의 관계를 다른 사람들에게 드러내고 싶지 않았다.

철면 강시를 만난 장소가 후군도독 등평의 자택이므로 상황을 설명하려면 어쩔 수 없이 일정 부분 그와 황궁과의 관계를 드러내야 했으니까.

그리고 다른 하나는 그만이 알고 있는 하백의 생사에 관한 문제 때문이었다.

설무백은 알고 있었다.

지금의 하백은 머지않아 죽는다.

그의 기억상으로는 삼 년 내외에 벌어지는 일이었다.

자세하게 알려진 바는 없으나, 이유도 모르게 급살을 맞아서 죽었다는 것이 당시 세간에 퍼진 소문이었다.

설무백은 아무래도 그게 이상했다.

지금 그가 보는 하백은 더 없이 강인한 사람이었다.

무공만이 아니라 기본적인 성격 자체가 강했다.

이런 사람이 급살을 맞아 죽는다는 사실이 도무지 믿기지 않았다.

지금 하백의 곁에 그가 알고 있는 다음 대의 하백이 없어서 더욱 불신의 골이 깊어졌다.

그럴 수밖에 없는 것이, 지금과 같은 상황이라면 차기 하백은 지금 당장 두각을 나타낸다고 해도 장강을 휘어잡는 데 남은 기간이 고작 삼 년이었다.

장강수로십팔타 씩이나 되는 거대 조직의 후임자가 애초에 요직의 인물이 아니라는 것도 납득하기 쉽지 않은 일인데, 그런 인물이 불과 삼 년 남짓 만에 총타의 요직을 장악한 장강칠웅 등과 기존에 장강의 힘을 나누어 쥐고 있는 열여덟 타주들을 넘어서서 장강을 수중에 넣는다는 아무리 생각해도 의심스러운 일이 아닐 수 없었다.

그래서였다.

설무백은 후군도독 등평의 자택에서 예기치 않게 만난 철면 강시에 대한 설명에 더해서 그 이전부터 파악하고 있던 천사교의 만행을, 즉 천사교가 인신공양을 통한 역천의 사마법으로 극강의 강시를 제작하고 있다는 사실까지 설명해 주었다.

그리고 놀라고 당황한 기색으로 대체 뭐가 뭔지 모르겠다는 눈치로 오만상을 찡그리고 있는 하백에게 불쑥 손을 내밀며 밑도 끝도 없이 말했다.

"그래서 말인데, 잠깐 손 좀 줘 봐. 완맥(緩脈) 한번 잡아 보자."

하백이 벙찐 얼굴로 설무백을 바라보았다.

당연한 반응이었다.

무공을 수련한 무인에게 있어 완맥은 생명선과 같았다.

지금 설무백은 하백에게 네 생명 좀 잠깐 달라는 것과 다름없는 것이다.

이내 그는 어처구니가 없다는 태도로 쏘아붙였다.

"야, 그래서가 대체 뭐가 그래서라는 거야? 천사교가 역천의 수법으로 강시를 제조하고 있고, 그 강시를 황궁의 요인이 부리고 있다는 것과 네가 지금 내 완맥을 좀 보는 것이 무슨 상관인 건데? 도대체가 앞뒤 맥락이 전혀 맞지 않잖아. 설마 이거 나만 그렇게 들리는 거냐?"

설무백은 말을 듣고 나서야 자신이 중간을 건너뛰고 너무 앞서 나갔다는 것을 알았으나, 그렇다고 달리 설명을 추가할 수는 없었다.

설명을 추가할수록 하백이 더욱 받아들이기 어려울 것이

자명했다.

그는 어쩔 수 없이 늘 써먹는 전가의 보도를 꺼내 들었다.

"이제야 하는 얘기지만 나는 예지력에 가까운 통찰력과 선견지명(先見之明)을 타고난 사람이다. 네가 믿기 어려울지 몰라도 어지간한 성복지술(星卜之術)의 대가보다 뛰어나지. 그래서 그래."

그는 자못 심각한 표정을 가장하며 부연했다.

"너를 보면 관상(觀相)도 그렇고, 주변의 상황도 그렇고 분명 문제 될 것이 전혀 없는데, 조만간 영락없이 급살을 맞을 기운이 느껴져서 대체 왜 그런 건지 차례차례 확인해 보려고."

황당한 표정이던 하백의 고개가 살짝 옆으로 기울어졌다.

"차례차례? 이거 말고 뭐가 더 있다는 거지. 지금?"

"그래."

설무백은 대수롭지 않게 인정하며 부연했다.

"우선 육체, 그 다음엔 주변을 살펴볼 생각이다. 안 죽어도 될 인간이 죽는 거라면 분명 천기(天機)를 역행하는 무언가가 있다는 뜻이니까."

하백의 안색이 잠깐 사이에 수십 번 변했다.

지금 설무백의 말이 무슨 뜻이고 어떤 의미가 담긴 것인지 예리하게 파악하는 기색이었다.

문제는 그걸 믿느냐 마느냐 하는 것이었는데, 그는 이내 뜻 모를 미소를 입가에 머금으며 설무백이 내민 손에 자신의 손목을 올려놓았다.

"지금 네가 날 어떻게 평가하고 있는지는 모르겠다만, 나도 성질이 더럽다면 꽤 더러운 놈이야. 너 이거 장난이면 정말이지 나랑 이 자리에서 사생결단 낼 줄 알아."

설무백은 그런 건 신경도 안 쓴다는 표정으로 하백이 내민 완맥을 지그시 누르며 진기를 운용했다.

그의 손가락 끝에서 나온 미미한 기가 혈맥을 타고 전신을 돌며 하백이 체내에 가진 모든 것을 염탐했다.

그리고 나온 결론은 아무런 문제가 없다는 것이었다.

설무백은 진기를 거두고 하백의 완맥에서 손가락을 떼어 내며 말했다.

"건강해. 급살을 맞을 체력이 전혀 아니야. 그래서 묻는 건데, 혹시 따로 수련하려는 신공이 있나?"

하백이 손을 거두며 고개를 저었다.

"아니. 기존에 쌓아 올린 내공심법을 증진하는 것도 버거운 마당에 새로운 내공심법이라니, 언감생심 꿈도 꾸지 못하는 일이다."

"그럼 주화입마를 염려할 입장도 아니고. 결국 남은 문제는 하나뿐이네."

설무백은 자못 냉정하게 잘라 물었다.

"솔직하게 말해 봐. 지금 네 자리 노리는 애들 있지?"

하백이 음충맞은 기소를 흘리며 반문했다.

"그거야 이루 다 헤아릴 수 없지. 알다시피 이 자리가 제법 돈이 되는 자리잖아. 모르긴 해도, 나를 볼 수 있는 자라면 다들 내 자리를 탐내고 있을 걸 아마?"

설무백은 단도직입적으로 물었다.

"그중에서 너의 목숨을 노릴 만한 자가 몇이나 될 것 같아?"

"글쎄……?"

하백이 깊게 가라앉은 설무백의 눈초리를 마주하고는 더 이상 장난으로 대할 수 없다고 생각했는지 어색한 표정이나마 무게를 잡고 대답했다.

"칠옹의 경우는 내가 워낙 어려서부터 같이하던 노인네들이라 설마 그럴 리는 없다고 생각되지만, 십팔타의 타주들이야 다들 야심이 만만한 자들이고, 나와의 인연도 이리저리 엮인 구석이 많아서 여차하면 배신도 가능하다고 본다."

설무백은 가만히 고개를 끄덕이는 것으로 수긍하며 잠시 깊은 생각에 빠졌다가 벗어나서 물었다.

"그럼 혹시 그들의 주변에 그들보다 더 강하거나 적어도 더 강해질 수 있는 재목이라고 인정받는 이십 대 초반의 사내가 있나?"

지금 하백의 자리를 차지하는 차기 하백의 이름을 몰라서 하는 질문이었다.

그가 가진 전생의 기억 속에 있는 장강수로십팔타의 총타주는 그저 하백이었을 뿐, 다른 이름이나 명호가 없었던 것이다.

이유야 어쨌든, 매우 직접적이면서도 세부적인 사항을 따지는 질문이라서 그런 것일까?

하백이 한층 더 신중하게 변해서 설무백을 쳐다보다가 문득 픽, 웃었다.

"무언가 범위를 좁혀 보려는 것 같은데, 그런 식으로는 어림도 없는 헛수고야."

"……어째서?"

"세상에 자식 자랑하지 않는 부모가 어디에 있고, 제자 자랑하지 않는 사부가 또 어디에 있겠나. 그런데 칠옹은 자치하고, 십팔타의 타주들 나이가 다들 오십 대 후반이야. 독신도 한둘 있긴 하나, 나머지는 다들 자식이 있고, 제자는 전부 다 적게는 한둘, 많게는 서넛이나 있으니까."

설무백은 절로 한숨을 나왔다.

하백의 말마따나 사실이 그렇다면 차기 하백 후보자가 수십 명이라는 소리니 따지는 것 자체가 무의미했다.

그들 모두를 감시할 수도 없는데다가 정작 그들 중에 차기 하백이 나오리라는 보장도 없기에 더욱 그랬다.

"결국 방법이 없다는 건가……?"

"무슨 말을 그리 섭섭하게 해?"

하백이 자못 도끼눈을 뜨며 따지고 들었다.

"방법이 없다는 건 결국 네 생각이 맞을 경우, 내가 삼 년 안에 죽을 수밖에 없다는 거잖아!"

설무백은 특유의 미온한 미소를 입가에 떠올리며 가만히 고개를 저었다.

"이제 정말 그렇게 될지, 안 될지 나도 몰라."

하백이 이건 또 무슨 개소리냐는 듯 오만상을 찡그렸다.

"뭐라는 거야? 아까는 삼 년 안에 급살로 죽는다고 해 놓고 이제 와서 또 그게 무슨 소리야?"

설무백은 득도한 고승처럼 한층 더 깊어진 눈빛으로 하백을 주시하며 말했다.

"인과(因果)라고 하지. 원인이 있으면 결과가 생기는 거야. 네가 내게 삼 년 이내에 죽는다는 얘기를 듣지 못했다면 너는 정말 죽었겠지. 하지만 너는 이제 내게 삼 년 안에 죽는다는 얘기를 들었어. 그래서 그래. 달라질 수 있다는 거야. 이제부터 너는 살아남기 위해서 최선을 다할 테니까."

하백이 턱과 목젖을 긁적이며 묘하다는 투로 말했다.

"논리적이라는 생각은 들지 않는데, 묘하게도 설득력이 있는 말이군. 사실 내가 모르고 있으면 모를까 알고 있는데도 당하는 성격은 아니거든."

"그게 성격하고 상관이 있는 건지는 모르겠다만, 그렇다고 치고……."

설무백은 쩝쩝 입맛을 다시며 중얼거리고는 문득 술병을

잡으며 재우쳐 말했다.

"네가 당하지 않을 확률을 높여 줄 테니까, 부탁 하나만 들어주라."

하백이 자못 미간을 찌푸렸다.

"다른 사람도 아니고 네 입에서 부탁이라는 말이 나오니까 정말 겁난다. 대체 네가 내게 부탁할 게 뭐가 있는데?"

설무백은 무덤덤하게 말했다.

"동곽무라고, 너하고도 인연이 깊은 아이 하나를 내가 데리고 있다. 적미어옹 또는 대취옹이라 불리던 동곽 선생의 손자거든. 그 아이⋯⋯!"

하백이 그의 말이 끝나기도 전에 눈이 커져서 말했다.

"전전대 하백의 손자?"

설무백은 아랑곳하지 않고 하던 말을 마저 했다.

"⋯⋯네가 좀 데리고 있어라. 한 삼사 년만. 가능하지?"

하백이 꿀꺽 소리가 나도록 침을 삼키며 바보 같은 미소를 지어 보였다.

"그거라면 부탁도 아니다. 아니, 오히려 내가 부탁해야 한다. 자세한 내막을 말하기는 좀 그렇다만, 대충 말하면 전대 하백에게 대취옹 어른의 후손을 잘 돌봐주라는 부탁을 받았는데, 여태 찾을 수가 없었거든."

설무백은 반색하는 와중에 의미심장하게 말했다.

"인연이네. 근데, 그냥 데리고만 있어 달라는 소리가 아닌

건 알지?"

하백이 예리하게 눈치채고는 물었다.

"뭐가 필요한 건데?"

설무백은 기다렸다는 듯이 말했다.

"네가 익히고 있는 경신술인 대와선류(大渦旋流)!"

하백이 무슨 사연인지 잘 알겠다는 듯 고개를 끄덕이며 미소를 보였다.

"동곽 선생의 유일한 약점이 취선신공과 취팔선보, 취우검과 더불어 취선(醉仙)의 사대신공 중 하나인 극품의 경신법, 대와선류를 익히지 못했다는 거였지."

그는 문득 설무백을 유심히 살펴보며 신기해했다.

"근데, 내가 대와선류를 익히고 있다는 사실을 네가 대체 어떻게 알고 있는 거냐?"

설무백은 웃으며 손목을 두드렸다.

"아까 잡아 봤잖아. 겸사겸사 확인해 봤지."

사실은 그 때문이 아니었다.

아까는 그저 확인한 것에 불과했고, 전생의 기억으로 이미 알고 있는 사실이었다.

"이거 아주 여우같은 놈일세."

툴툴거리는 말과 달리 하백은 웃고 있었고, 결국 이내 내린 결론도 그처럼 긍정적이었다.

"알았다, 보내라. 전해 주마."

설무백은 하백의 대답을 듣기 무섭게 진기를 주입한 한쪽 손가락으로 다른 손바닥을 그었다.

손바닥이 갈라지며 피가 흘렀다.

그는 주먹을 움켜쥔 후, 피를 짜서 면전에 있는 술병에 흘려 넣으며 흠칫 당황한 기색을 드러낸 하백을 향해 말했다.

"내가 만독불침이라고 말한 거 기억하지."

"……!"

하백은 입을 다문 채 말이 없었다.

설무백은 적잖은 핏물이 흘러든 술병을 들어서 하백의 술잔을 채웠다.

"나와 같은 정도를 기대하긴 어렵지만, 적어도 백독불침의 효과는 볼 거다. 네가 죽을 확률이 그만큼 적어지는 거지."

말을 끝맺으며 그가 내려놓은 술병을 이번에는 하백이 잡아서 면전으로 가져갔다.

그리고 앞서 설무백이 그랬던 것처럼 손가락을 손바닥을 그어서 피를 내고는 술병에 흘려 넣고는 히죽 웃으며 설무백의 술잔에 따랐다.

"난 뭐 아무것도 아닌 그냥 피지만, 그래도 줘야 할 것 같다. 결의(結義)다."

그는 술병을 내려놓고 앞서 설무백이 따라 준 자신의 술잔을 내밀며 재우쳐 말했다.

"형제로 하자! 네 말대로 누군가 나를 죽이려 하고, 그때 내가 살아남는다면 너를 형님으로 모시마!”

설무백은 웃는 낯으로 기꺼이 술잔을 들어서 하백이 내민 술잔과 부딪쳤다.

그리고 두 사람이 동시에 붉은 술을 입안에 털어놓고 빈 술잔을 뒤로 던져서 깨트렸다.

그다음엔 누가 먼저랄 것도 없이 동시에 터트린 호탕한 웃음소리가 대청을 가득 메웠다.

“음하하하하……!”

역사의 흐름이 새로운 변주를 시작하는 웃음이었다.

그 웃음을 그치고 나서부터 그들은 본격적인 대작을 시작하며 긴 이야기를 나누었고, 이야기가 끝났을 때에는 날이 저문 것도 모자라서 이미 새벽이었다.

“재미있는 얘기 하나 해 줄까?”

교룡채를 벗어나는 길목이었다.

극구 사양해도 다 뿌리치고 억지로 배웅 나온 하백은 설무백에게 승낙의 여지도 주지 않고 곧바로 이야기를 시작했다.

“여기 교룡채의 채주인 독각동인(獨脚銅人) 양충(楊忠)은 채주가 된 이래 단 한 번도 수채를 벗어난 적이 없는데, 왜 그런 줄 알아?”

하백의 입에서 질문이 떨어지기 무섭게 울며 겨자 먹기 식으로 마지못해 따라나선 장강의 책사 노자량과 장강칠웅, 팔대타주가 당황으로 눈을 크게 떴다.

무언가 이 자리에서 들으면 안 되는 말을 들은 반응들인데, 하백은 그에 아랑곳하지 않고 자신이 던진 질문에 스스로 답하며 이야기를 이어 나갔다.

"교룡채가 바로 우리 총타의 입구이기 때문이야. 그가 우리 총타의 수문장인 셈이지. 다른 길이 없는 건 아니지만, 그쪽은 다 여기 고룡채를 통해서 오는 것보다 수 배, 아니, 수십 배는 더 위험한 물길이거든. 흐흐흐……!"

설무백은 다른 대답 없이 그저 알았다는 듯 묵묵히 고개를 끄덕였다.

하백이 장강수로십팔타의 거의 모든 요인들이 모인 자리에서 대수롭지 않게 장강의 극비인 총타의 위치를 드러낸 이유는 불을 보듯 뻔했다.

하백은 그 자신이 설무백을 이만큼 믿고 있다는 사실을 모두에게 알리려는 것이다.

그래서 설무백은 은연중에 하백이 아니라 주변의 다른 사람들을 살펴보았다.

신기서생 노자량은 노골적으로 '또 저런다'라는 식의 불손한 눈빛을 드러내며 하백을 쳐다보았고, 백천승을 비롯한 장강칠웅은 이러지도 저러지도 못하겠다는 식의 복잡한 눈초리였으며, 팔대타주는 하나같이 당황한 듯 아닌 듯 속을 알수 없는 눈빛을 이리저리 굴리는 반응을 보이고 있었다.

'어렵네.'

설무백은 한순간에 드러나는 태도의 변화로 적을 구별하는 것은 무리라고 판단하며 마음을 접고 하백을 향해 작별을 고했다.

"너무 무리하지 마."

하백이 히죽 웃으며 어깨를 으쓱했다.

"걱정 마. 그게 내 장기 중 하나니까."

설무백은 어련하겠냐는 듯 웃어넘기며 그제야 백천승을 제외한 장강칠웅과 팔대타주들을 향해 가볍게 눈인사를 하고 돌아섰다.

백천승은 그의 뒤를 따라나서고 있었다.

이것도 역시 설무백이 극구 사양해도 기를 쓰고 물러서지 않은 하백의 명령에 따른 조치였다.

백천승은 설무백 등을 장강 이북으로 건네주라는 하백의 명령을 받았던 것이다.

설무백 등은 그렇듯 백천승의 범선을 타고 편안하게 장강을 건널 수 있었다.

백천승은 시종일관 할 말이 많은 표정이었으나, 애써 참는 것 같았다.

설무백은 장강을 건너고 작별하기 직전에 못내 한마디 건네서 그런 백천승을 안심시켰다.

"걱정 마. 하백이 나를 배신하지 않는 한 내가 먼저 하백을 배신하는 일은 없으니까."

백천승은 누가 뭐라고 했냐는 듯 쳐다보며 아무런 대꾸도 없이 설무백을 외면했다.

　그러나 설무백은 돌아서는 백천승의 눈빛이 한결 평온하게 바뀌는 것을 예리하게 놓치지 않았다.

　설무백은 그제야 홀가분해진 마음으로 발길을 재촉했다.

　밤새 하백과 대작한 술이 두 동이를 넘겼으나, 그 대부분이 술고래인 하백의 뱃속으로 들어간 까닭에 그는 조금의 취기도 오르지 않아서 비교적 발걸음도 가벼웠다.

　그런데 그런 그의 기분은 그리 오래가지 못했다.

　강변을 벗어난 시점이었다.

　그의 기분을 잡치게 만드는 일이 벌어졌다.

　강남칠성의 총포두 냉사무와의 약속을 상기하며 북평으로 향하는 관도를 찾아 나서는 그의 기감에 불편한 기척이 느껴진 것이다.

　암중에서 남몰래 그의 뒤를 미행하고 있는 사람의 기척이었다.

　처음에는 구양수인 줄 알았으나, 아니었다.

　미행자는 기본적으로 구양수와 비교도 할 수 없이 높은 격을 쌓은 고수였다.

　놀라운 일이었다.

　비록 구양수가 삐뚤어진 성격으로 지탄받고 있지만, 무림세가의 자제로 태어나서 뛰어난 가전 무공을 수련한 그는 능히 총망 받는 후기지수의 하나다.

그런데 암중의 미행자는 그런 구양수를 삼류 하수로 느껴지게 만들 정도의 기세를 풍기는 고수였다.

분명 고도의 은신술을 발휘하며 암중에서 미행하고 있음에도 불구하고 시시때때로 기척을 감추지 않고 드러내는 바람에 설무백은 그것을 정확히 파악할 수 있었다.

그게 쥐새끼처럼 숨어서 따르고 있다는 소리가 듣기 싫은 것인지, 아니면 자신은 얼마든지 자신이 있어서 가리고 숨길 것이 없다는 무언의 압박인지는 모르지만, 그것은 충분히 위력적이었다.

그저 암중에서 노리고 있다는 존재감만으로도 설무백의 경각심을 불러일으키고 있었으니 말이다.

그러나 그게 다였다.

경각심을 불러일으킬 뿐, 걱정이 되거나 하지는 않았다.

암중의 미행자와 구양수 사이에서 느껴지는 격의 차이가 그와 미행자 사이에도 존재하는 까닭이었다.

그 때문이었다.

설무백은 북평으로 향하는 관도를 찾기에 앞서 한적한 공터부터 찾았다.

마침 근처에 적당한 장소가 있었다.

잡초가 우거지긴 했으나, 얼추 반경이 십여 장인 되는 공터였다.

설무백은 공터의 외각에 자라난 아름드리나무의 그늘에 자리를 잡고 앉으며 건너편 숲속을 향해 말했다.

"별로 숨고 싶은 마음도 없는 것 같은데, 이제 그만 나서는 게 어때?"

미행인의 생각이 정말로 설무백의 짐작과 같은지는 모르겠으나, 곧바로 숲속에서 사람이 걸어 나왔다.

회색빛 낡은 마의를 포대처럼 헐렁하게 걸친 건장한 체구의 노인 하나였다.

설무백 등은 모르지만, 그들이 나루터에서 만난 무풍마간 백천승을 따라 교룡채로 향할 때, 어깨에 손녀로 보이는 귀여운 여자아이를 앉힌 채 뒤에서 몰래 지켜보다가 따라나선 바로 그 마의노인이었다.

"묘하네? 이번에는 분명 은신술을 발휘하고 있었는데, 어떻게 알았지? 그냥 대충 거기쯤 있을 거라고 생각하고 쳐다보며 부른 건가?"

설무백은 마의노인의 대꾸는 들은 척도 하지 않고 물었다.

"누구 아는 사람?"

마의노인에게 던지는 질문이 아니었다.

공야무륵과 위지건, 그리고 암중의 혈영 등 네 사람에게 묻는 말이었다.

모두가 대답을 않고 침묵하는 가운데, 사도의 목소리가 들려왔다.

"제가 아는 인물입니다."

설무백은 마의노인을 쳐다보며 물었다.

"누구야?"

암중의 사도가 대답했다.

"이광(李狂)이라는 이름 대신 수혼살(水魂殺)이라는 별호로 알려진 전대의 살수입니다. 살막, 백마사, 흑수혈과 더불어 강호 사대 청부 단체로 꼽히는 마정의 칠대원로 중 하나인 전대 고수로, 나머지 여섯과 더불어 천기칠살(天忌七煞)이라고 불리며 살수 계통에서는 전설로 통하는 살수 중 하나지요. 분명 다들 은퇴했다고 알려졌는데, 이제 와서 보니 그게 아니었네요."

다른 사람이라면 놀라 자빠져도 전혀 이상하지 않을 설명을 듣고도 설무백은 태연했다.

천기칠살을 몰라서가 아니었다.

본 적은 없어도 들은 적은 있었다.

사도의 말마따나 마정의 천기칠살은 하나같이 살수 계통의 전설로 통하는 고수들 중 속해 있어서 듣기 싫어도 들을 수밖에 없는 명성을 가진 고수들이었다.

다만 예나 지금이나 그 정도의 인물이 그에게 위협이 될 수는 없었다.

설무백은 어디까지나 태연하게 수혼살을 바라보며 빙그레 웃었다.

그의 태연자약함을 지켜보던 수혼살이 오히려 당황한 기색으로 실소했다.

설무백은 그에 아랑곳하지 않고 불쑥 물었다.

"마정이 왜 나를 노리는 거지?"

살수 수혼살이 웃는 낯으로 고개를 갸웃거렸다.

"과연 지켜본 그대로 묘한 젊은이로군. 노부가 누군지 알면서도 이리 태연할 수 있다니, 참으로 놀랍군그래."

설무백은 질문에 대답은 않고 딴소리를 흘리며 어물거리는 수혼살을 향해 귀찮다는 듯 손을 내젓고 암중의 사도를 향해 말했다.

"사도, 이자가 내 질문에 대답할 가능성이 있냐?"

사도가 대답했다.

"고도의 섭혼술로 자아를 마비시키지 않는 한 거의 불가능할 겁니다. 저 역시 그렇다고 자부하니까요."

"그럼 괜한 시간 끌 필요 없겠네."

설무백은 냉정하게 잘라 말했다.

"흑영, 어떠냐? 완성된 월인으로 첫 살인의 추억 한번 만들어 볼래?"

"옙! 주군!"

짧은 대답과 동시에 몸에 착 달라붙는 흑의무복을 걸친 외팔이 사내가 한손에 칼을 뽑아 든 상태로 바람처럼 홀연히 수혼살의 전면에 나타났다.

바로 지난날 허풍선 곽진이라 불리던 태산파의 이단아, 흑영이었다.

수혼살이 정말이지 같잖다는 표정을 흑영을 바라보며 피식 웃었다. 그리고 미끄러지듯 슬며시 뒤로 물러나다가 한순간 그대로 얼음처럼 굳어져 버렸다.

설무백의 태도를 보고 말로는 놀랍다고 하면서도, 그리고 귀신처럼 홀연히 눈앞에 나타난 흑영을 보았을 때도 수혼살은 여유가 있어 보였다.

하지만 지금은 전혀 그렇지 않았다.

그럴 수밖에 없었다.

수혼살의 여유는 설무백을 약하게 보았기 때문도 아니고, 그의 곁을 지키는 공야무륵 등을 무시해서도 아니었다.

오직 그가 마음만 먹으면 얼마든지 설무백 등의 손에서 벗어날 수 있다는 자신감을 가지고 있어서였다.

상대의 강함과 무관하게 언제든지 가까이 다가설 수 있고, 또 얼마든지 마음대로 벗어날 수 있다면 상대의 목숨은 이미 그의 수중에 들어온 것과 다름없다는 것이 그의 지론이었고, 실제로 그는 그럴 수 있어서 그간 단 한 번의 실패도 허용하지 않았다.

그런데 지금 그와 같은 그의 지론이, 더 나아가서 자신감이 파도에 휩쓸린 모래성처럼 속절없이 무너져 버렸다.

지금 그가 물러나려는 뒤쪽의 방향을 누군가 차단하고 있었기 때문이다.

'둘이 아니었다는 건가?'

수혼살은 내색을 삼가고 있을 뿐, 진심으로 소스라치게 놀라고 있었다. 분명 그가 알고 있는 설무백의 호위는 공야무륵과 위지건, 그리고 암중의 둘이었다.

그런데 둘이 아니라 더 있었다.

지금 그 둘이, 그는 누군지 모르지만 바로 혈영과 사도가 그의 후방을 차단하고 있었던 것이다.

게다가!

'이놈은 진짜다!'

수혼살은 귀신처럼 홀연히 면전에 나타나서 비릿한 미소를 머금고 노려보는 외팔이, 흑영의 눈빛에서 거부할 수 없는 압력을 느꼈다.

그간 수많은 검객들과 마주한 그였으나, 이처럼 마주선 것만으로 위압감을 느끼는 경우는 흔치 않았다.

"오늘은 아무래도 길(吉)보다 흉(凶)이라는 건가?"

착잡한 표정으로 말은 그렇게 했지만, 수혼살의 뇌리에는 결코 포기할 생각이 들어 있지 않았다.

말을 하면서도 그는 은연중에 사방팔방을 살피며 빠져나갈 틈을 노리고 있었다.

그때!

"안 오면 내가 먼저 가지!"

짧게 일갈하며 움직인 흑영의 신형이 수혼살을 향해 화살처럼 쏘아졌다.

그의 수중에서 독사의 머리처럼 쳐들린 검극이 수혼살의 목젖을 노리고 있었다.

쉬이익-!

빨랐다. 그리고 예리했다.

수혼살은 본능을 앞서는 감각에 따라 칼을 뽑아내긴 했으나, 막아 낼 방도를 찾아낼 수는 없었다.

그는 사력을 다한 보법에 의지해서 물러나는 것으로 흑영의 검세(劍勢)가 장악한 공간을 빠져나갔다.

그의 독문신법인 수형류(水形流)의 보법은 찰나의 순간에 사방을 지키며 팔방을 살필 수 있는 최고 수준의 경신술의 하나로, 날고 기는 살수가 즐비한 마정에서도 손꼽히는 보법이었다.

그런데 이상한 일이 아닐 수 없었다.

분명 수혼살은 찰나에 열두 번이나 자세를 바꾸고, 다시 또 열두 번이나 위치를 이동해서 흑영이 뻗어 낸 검세를 벗어났건만, 황당하게도 흑영의 검극은 여전히 그의 목젖을 향해 쇄도하고 있었다.

"아니, 이게 무슨……!"

수혼살은 황망히 재차 수형류의 보법을 펼쳐서 가히 허깨비 같은 몸놀림으로 쇄도하는 검극을 피하며 흑영의 측면으로 돌아갔다.

하지만 소용없었다.

귀신이 곡할 노릇이게도 그는 분명 흑영의 검극을 피해서 서너 장이나 떨어진 좌측으로 이동했는데, 흑영의 검극이 여전히 그의 목젖에 다가와 있었다.

"익!"

수혼살은 절로 이를 악물었다.

그는 더 이상 피하지도, 지체하지도 못하고 사력을 다해서 수중의 칼을 휘둘렀다.

그런데 이건 또 무슨 조화란 말인가.

휘웅―!

분명 검과 도의 거친 충돌을 예상했으나, 그런 일은 벌어지지 않았다.

그의 목젖을 노리고 쇄도하던 흑영의 검극이 마치 애초부터 허상이었던 것처럼 사라져 버리는 바람에 그가 휘두른 검은 헛되이 허공을 가르고 있었다.

"어?"

수혼살은 황당한 감정이 치솟는 그 순간에 보았다.

허상처럼 그의 눈앞에서 오간 데 없이 사라진 검극은 기실 흑영이 순간적으로 검을 당기며 휘돌려서 검신을 팔뚝 아래 하박에 붙이는 바람에 일어난 착각이었다.

그리고 그의 칼이 허공을 휘젓고 지나가는 순간과 동시에

흑영의 하박에 달라붙어 있던 검신이 살아 있는 생명체처럼
일어나며 회전했다.

순간.

슈슈슉-!

백주대낮임에도 달무리를 닮은 반월형 섬광이 허공에 선
명하게 그려졌다.

흑영이 경지를 이룬 좌수쾌검의 진수인 월인의 흔적이었
다.

수혼살의 목이 달무리의 중동에 걸렸다.

서걱-!

섬뜩한 소음이 울리며 수혼살의 머리가 허공으로 떠올랐
다. 비명조차 지를 사이가 없는 죽음이었다.

순간적으로 열두 번이나 자리를 이동하는 수혼살의 보법
은 때 아닌 바람에 나부끼는 꽃잎처럼 보일 정도로 현란하기
짝이 없었다.

한순간 정지하는 시점에 휘둘러진 그의 칼질은 앞선 보법
의 현란함이 무색하게 보일 정도로 빠르고 예리해서 그야말
로 한줄기 빛살을 보는 것 같았다.

제아무리 상승의 경지에 오른 무공의 고수일지라도 잠시
도 눈을 떼지 못하고 바라보게 만드는 신기가 수혼살이 펼치
는 보법과 검법 속에는 담겨 있었던 것이다.

그에 반면에 흑영은?

흑영의 동작은 전혀 현란해 보이지 않았다.

그의 보법은 상대적으로 지극히 단순했으며, 칼질 역시 일체의 변화를 담고 있지 않아서 투박함을 넘어서 어설프게까지 보였다.

대신에 빨랐다.

그 빠름 승부를 결정짓고, 생사를 갈랐다.

분명 따로 놓고 보면 백이면 백 사람 모두가 흑영의 실력은 수혼살의 경지에 미치지 못한다고 말했을 터였다.

하지만 대결은 흑영의 압승으로 끝났고, 결과는 수혼살의 죽음이었다.

투박할 정도로 단순하지만 더 없이 빠른 흑영의 검에는 눈부실 정도로 현란한 수혼살의 보법을 일거에 무산시키고 사력을 다한 그의 반격을 압도하며 여지없이 생사의 간극을 파고들어서 무참히 베어 버리는 힘이 담겨 있었던 것이다.

이거야말로 무초식이 유초식을 제압한다는 전대의 무언이 고스란히 재현된 격!

아는 사람만 아는 흑영의 좌수쾌검 월인의 신위였다.

'어째 이럴 것 같더라니, 나서지 않길 잘했네!'

싸움이 벌어진 공터에서 이십 장 남짓 떨어진 숲속이었다.

아름드리나무가 겹겹이 싸여서 만들어 놓은 그늘 속에 웅
크린 채로 흑영과 수혼살의 싸움을 처음부터 끝까지 지켜보
다가 결국 수혼살의 처참한 죽음까지 목도한 색동옷의 어린
소녀는 절로 자신의 판단에 흐뭇해했다.

기실 주안공의 부작용으로 어린아이의 모습이 되었을 뿐,
엄연히 백수(白壽 : 99세)를 내다보는 고령의 나이로, 수혼살과
같은 천기칠살의 하나인 화혼살(火魂殺)이 본색인 그녀는 사전
에 빈틈을 노리고 기습하기로 했으나, 끝내 나서지 않았다.

전적으로 고의는 아니었다.

나서려고 했으나, 나설 틈이 없었다. 아니, 보다 정확히는
빈틈을 찾을 겨를이 없어서 포기했다.

흑영과 수혼살의 대결은 실제로는 눈 깜짝할 사이에 끝나
버린 것이다.

'아무래도 나 혼자는 불가능하겠네. 최소한 나머지 오살 중
둘 이상과 협력해야 어느 정도 성과를 기대할 수 있겠어.'

화혼살은 마음을 다잡으며 자리를 뜨려고 슬며시 뒤로 물
러났다.

그러다가 흠칫 놀라며 모든 동작을 그대로 멈추었다.

우연찮게도 공터의 구석에 앉아 있는 설무백과 시선이 마
주쳤기 때문이다.

거리가 있어서 눈동자를 확인할 길은 없지만, 그렇게 느
껴질 수밖에 없도록 설무백의 고개가 정확히 그녀의 방향을

향하고 있었다.

'설마 내 존재를 알고 있다는……?'

화혼살은 부정했다.

그럴 리가 없었다.

지금 그녀는 귀식대법에 준하는 고도의 은신술을 펼치고 있었다. 하물며 설무백은 그녀와 무려 이십 장 남짓이나 떨어져 있는 상태였다.

이 정도의 거리를 격한 상태에서 그녀의 은신술을 파악할 수 있는 사람은 천하를 다 뒤져도 열을 넘지 않을 텐데, 고작 약관을 넘은 애송이가 그럴 수 있다는 것은 절대 말이 되지 않았다.

'우연이다. 나를 보는 것이 아니라 우연찮게 이쪽을 쳐다보고 있을 뿐인 거다.'

아마도 그럴 것이다.

분명히 그럴 것이다.

틀림없이 그렇다기보다는 그렇기를 기대하는 바람처럼 거듭 마음을 다잡으며 서둘러 뒤로 물러나는 그녀의 눈가에는 파르르 경련이 일어나고 있었다.

이마에는 식은땀이 맺히고, 등골이 오싹해지며 오금이 저려서 발길이 쉽게 움직여지지 않았다.

분명 겁을 먹었다는 생각은 들지 않았으나, 이유도 모르게 온몸에 전율이 감돌아서 아무리 애를 써 봐도 떨림이 멈추지 않고 있었다.

'나머지 오살과 다 같이 공조해야 한다! 그래도 성공을 장
담할 수 없다!'

화혼살은 사력을 다해서 뒤로 물러나는 자신을 느끼며 절
로 생각을 고쳐먹었다.

그리고 정신의 통제를 벗어나서 떨림이 멈추지 않는 육체
를 애써 다스리며 허겁지겁 자리를 떠났다.

설무백은 정확히 누군지는 모르겠으나, 수혼살과 유사한
종류의 기풍이 느껴지는 것으로 봐서 천기칠살의 하나로 판
단되는 기척이 멀어지는 것을 느끼며 입맛을 다셨다.

"어쩌면 마정의 천기칠살이 전부 다 살아 있는지도 모르겠
는 걸?"

암중의 혈영이 물었다.

"잡을까요?"

장내를 지켜보다가 떠나는 기척을 두고 하는 말이었다.

혈영도 설무백처럼 화혼살의 기척을 느끼고 있었던 것이
다.

"아니, 그냥 둬. 알아서 다시 찾아올 것 같은데, 쓸데없이
왜 먼저 힘을 빼."

혈영이 침묵으로 수긍하며 물러나자, 이번에는 공야무륵이 나서며 넌지시 말을 건넸다.

"다음에는 저도 기회를 주십시오. 제게도 도움이 될 만한 자들입니다."

이제 보니 공야무륵도 화혼살의 존재를 알고 있었다.

말을 하는 그의 시선이 숨어서 지켜보다가 물러간 화혼살의 위치에 닿아 있었다.

"그러지."

설무백은 짧게 승낙하며 흑영에게 시선을 주었다.

흑영이 수혼살의 주검을 수습해서 깊은 낙엽더미 속에 파묻고 있다가 그의 시선을 의식하고는 변명처럼 말했다.

"벌레가 끼면 오가는 사람들이 보기 흉해서……."

설무백은 대수롭지 않게 고개를 끄덕여 주며 물었다.

"그래서 첫 번째 살인에 대한 감정은?"

흑영이 별다른 내색을 삼간 채로 주변의 낙엽을 긁어모아서 꾸역꾸역 산을 만들며 대답했다.

"썩 좋은 기분은 아니지만, 무언가를 잘못했다는 죄의식 같은 것은 들지 않습니다. 상대가 천기칠살의 하나인 수혼살이라니 월인의 첫 번째 재물로 부족하다는 생각도 들지 않고요. 그저 어떤 감정인지 딱 꼬집어 얘기할 수 없이 시원섭섭한 기분입니다."

설무백은 잠시 뜸을 들이다가 슬쩍 공야무륵에게 시선을

주며 물었다.

"너라면 어땠을 것 같아?"

공야무륵이 추호도 망설임 없이 음충맞게 웃으며 대답했다.

"손맛이 짜릿했겠죠. 흐흐흐……!"

설무백은 멋쩍게 입맛을 다셨다.

"그런 대답을 기대한 건 아니지만, 과연 짧은 답변이긴 하군."

그는 새삼스럽게 흑영을 바라보며 물었다.

"어쨌거나, 뭐 느껴지는 거 없어?"

흑영이 무슨 말인지 이해하지 못한 표정으로 설무백을 바라보았다.

설무백은 특유의 미온한 미소를 입가에 드리우며 말했다.

"앞으로 이런 유사한 일을 겪었을 때 누가 묻거든 쟤처럼 대답하라는 소리야. 짧고 간단하게."

"……!"

"그게 무엇이든 어떤 행동을 설명하는 데 말이 많이 많아진다는 것은 그것에 대한 정당성을 의심받게 만들지. 그 자신부터가 정당한 것인지 확신하지 못하고 있다는 뜻이 되니까. 그러니 그러지 말라고. 너는 당연히 해야 할 일을 한 거니, 따로 길게 설명할 필요가 없는 거다."

흑영이 뒤늦게 무슨 말인지 이해하고 납득한 표정이다가

문득 고개를 갸웃거리며 말했다.

"주제넘은 말이지만, 주군은 어지간한 노인보다 더 노회한 분이세요. 대체 어떻게 그럴 수 있죠? 언제 그런 걸 다 배우신 겁니까?"

설무백은 피식 웃으며 대수롭지 않게 대답했다.

"그런 걸 왜 배워? 그냥 본능으로 자연히 알게 되는 거지."

"아, 예……."

흑영이 어련하겠냐는 듯 더 말해서 무엇하겠냐는 표정으로 고개를 끄덕이며 암중으로 사라졌다.

암중의 백영이 그 순간에 불쑥 끼어들었다.

"흑영 형님이 아직도 깨닫지 못하고 있는 것 같은데, 주군은 저와 같은 부류예요. 산전수전 다 겪은 칠십에서 팔십 대 가량의 늙은 귀신의 영혼 하나가 더 뇌리에 박혀 있는 거죠. 그거 말고는 절대 설명이 안 돼요, 주군은."

백가인이 잠들고 백가환이 깨어난 모양이었다.

매사에 침착하고 신중한 백가인이라면 이렇듯 겁 없이 대놓고 깝죽거릴 수 없었다.

설무백은 내심 고소를 금치 못했다.

멋모르고 하는 말이라도 아주 틀린 말은 아니라는 생각이 들어서 나무랄 생각도 들지 않았다.

그는 대수롭지 않게 그냥 웃어넘기며 말문을 돌렸다.

"그보다 이건 아무래도 누군가 나를 노리고 마정을 움직인 것이라고 봐야 할 텐데, 혹시 그 청부자가 누군지 밝힐 방법이 있을까?"

사도를 염두에 두고 흘린 말이었다.

아무래도 그쪽 계통의 일은 사도가 정통할 것이다.

과연 눈치 빠른 사도가 대답했다.

"천기칠살은 마정이 은퇴를 가장해서 숨겨 둘 정도로 비장의 한 수입니다. 그런 자들을 서슴없이 투입했다는 것은 이번 청부가 초특급을 상회한다는 뜻입니다. 그리고 초특급의 청부는 여차하면 사활을 걸 수도 있다고 봐야 하는 터라, 마정의 주인인 사혼을 직접 족치지 않는 한 절대 청부자를 밝힐 수 없을 겁니다. 오직 사혼만이 청부자를 알고 있을 테니까요."

설무백은 무슨 말인지 충분히 이해했다는 듯 고개를 끄덕이며 쓰게 입맛을 다셨다.

"바쁘게 됐네. 집으로 돌아가기 전에 해결할 일이 하나 더 생겨 버려서."

공야무륵이 물었다.

"하면, 마정의 본거지로⋯⋯?"

"아니."

설무백은 말을 자르며 발걸음을 서둘렀다.

"우선 북평으로. 선약부터 해결해야지."

설무백은 말로야 선약부터 해결한다고 했지만, 그전에 볼 일도 만만치가 않았다.

떡 본 김에 제사 지내고, 엎어진 김에 쉬어 간다는 격이었다.

설무백 등은 북평으로 가는 도중에 산서성 태원의 풍화장을 들러서 역성복수(易姓復讐), 즉 자신의 성 씨를 양 씨로 바꾸어서 양가장의 대를 이은 양웅과 그가 거둔 아이들, 그리고 그 아이들을 보살피느라 풍잔을 나와서 홀로 생활하고 있는 대력귀와 명색이 제자인 정기룡을 만났다.

오랜 시간이 지체되는 만남이었다.

술을 좋아하는 호인인 양웅과의 시간은 차치하고, 대력귀에게 아이들을 위해 장원에 필요한 것들을 전해 듣고, 잠시 짬을 내서 제자인 정기룡의 무공을 살펴주는 것만으로도 사흘의 시간이 후딱 지나가 버렸다.

그 다음은 벽력당이었다.

지난날 염마수 도염무를 도와서 벽력당의 내우(內憂)를 정리하고 외환(外患)을 제거해서 벽력당의 안정을 도모해 준 설무백은 산서까지 와서 그냥 외면하고 돌아갈 수가 없었다.

그 바람에 정작 설무백 등이 북평에 도착했을 때는 무려 보름하고도 여드레가 더 지난 후였다.

그들의 능력상 서두르지 않아도 보름 이내에 충분히 가능한 거리를 거의 한 달 가까이나 걸린 것인데, 북평에 도착했다고 해서 곧바로 선약을 지킬 수 있는 것도 아니었다.

북평 순천부에는 설무백의 절친이자 미래를 위한 동반자인 북경상련의 총수 방양이 있었다.

설무백 등은 북평에 도착하기 무섭게 다시금 북경상련에서 사흘을 더 소비했다.

방양의 주도로 북경상련의 요인들과 인사를 나누는 것만으로도 그 정도의 시간이 소비되었다.

방양이 우격다짐으로 외부에 나가 있는 요인들까지 불러들여서 인사를 시키는 바람에 다른 도리가 없었다.

"너는 내 후견인이야! 내가 부르는 사람들이 내 후견인의 얼굴도 모른다는 것은 절대 가당치 않은 일이야!"

설무백이 거부할 수 없었던 방양의 우격다짐이었다.

그나마 다행인 것은 북평 순천부는 북경상련의 총수인 방양의 손바닥과 같다는 사실이었다.

설무백에게 북평에 오게 된 사정을 들은 방양은 즉시 인맥을 동원해서 그날로 강북육성의 총포두 신응 모용사관과의 자리를 마련했다.

그야말로 우여곡절 끝에, 그것도 절대 외면할 수 없는 북평왕부의 방문을 뒤로 미룬 다음이었다.

거의 한 달이 넘어서야 냉사무와 약속한 모용사관과의 만남이 이루어진 것이다.

그런데 우습지 않게도 그들의 만남은 설무백에게 또다시 새로운 여로를 강요했다.

"부탁이 있네! 모용세가를 한번 살펴 주시게!"

강북육성의 총포두 신웅 모용사관이 머리를 깊게 숙이며 더 없이 정중하게 건네는 부탁이었다.

다음 권으로 이어집니다

꿈의 도약, 로크에서 하십시오
(주)로크미디어에서 신인 작가를 모십니다

즐거운 세상, 로크미디어는 꿈을 사랑하고 도전을 두려워하지 않는 작가 분들의 참신한 작품을 기다리고 있습니다. 21세기 장르 문학계를 이끌어 갈 차세대 선두 주자 (주)로크미디어에서 여러분의 나래를 활짝 펴 보시길 바랍니다.

모집 분야 판타지와 무협을 포함한 장르 문학
모집 대상 아마추어 작가, 인터넷 작가
모집 기한 수시 모집

작품 접수 시 유의 사항

1. 파일명은 작가명_작품명.hwp형식을 갖춰 주십시오.
1. 파일에 들어갈 내용은 다음과 같습니다.
   - 성명(필명인 경우 실명을 밝혀 주세요), 연락처, 이메일 주소
   - 제목, 기획 의도
   - A4용지 1장 분량의 등장인물 소개
   - A4용지 2장 분량의 전체 줄거리
   - 본문
1. 작품이 인터넷에 연재되고 있다면, 게시판명과 사이트의 구체적이고 정확한 주소를 기재해 주십시오.

선택된 작품은 정식 계약 후 출판물로 간행되어 전국 서점에 유통됩니다.
작가 분은 (주)로크미디어의 전폭적인 지원하에 전속 작가로 활동하시게 됩니다.
※ 자세한 내용은 로크미디어 홈페이지(rokmedia.com)를 참조하세요.

(03920)서울시 마포구 성암로 330 DMC첨단산업센터 3층 318호
(주)로크미디어 편집부 신간 기획 담당자 앞
전화 : 02) 3273-5135
www.rokmedia.com   이메일 : rokmedia@empas.com